バスティーユの陥落

小説フランス革命 3

佐藤賢一

集英社文庫

バスティーユの陥落　小説フランス革命3　目次

地図・関連年表デザイン／今井秀之

【前巻まで】

1789年。フランス王国は深刻な財政危機に直面していた。アメリカ独立戦争についやした巨額の戦費、大凶作による食糧不足、物価高騰。苦しむ民衆の怒りは爆発寸前。財政立て直しのため、国王ルイ十六世が百七十余年ぶりに全国三部会を召集し、聖職代表の第一身分、貴族代表の第二身分、平民代表の第三身分の議員たちがフランス全土から選出された。

貴族でありながら民衆から絶大な支持を受けるミラボーは、平民代表として議会に乗り込むが、特権二身分の差別意識から、議会は一向に進展しない。業を煮やした第三身分は自らを国民議会と宣言。さらに、憲法の制定を目指して、憲法制定国民議会と名を変える。しかし、議会は国王の軍隊に威圧され、大衆に人気の平民大臣ネッケルも罷免されてしまう。たび重なる理不尽に、パリの民衆が激怒。弁護士デムーランの演説で、暴動が勃発した。

革命期のパリ市街図

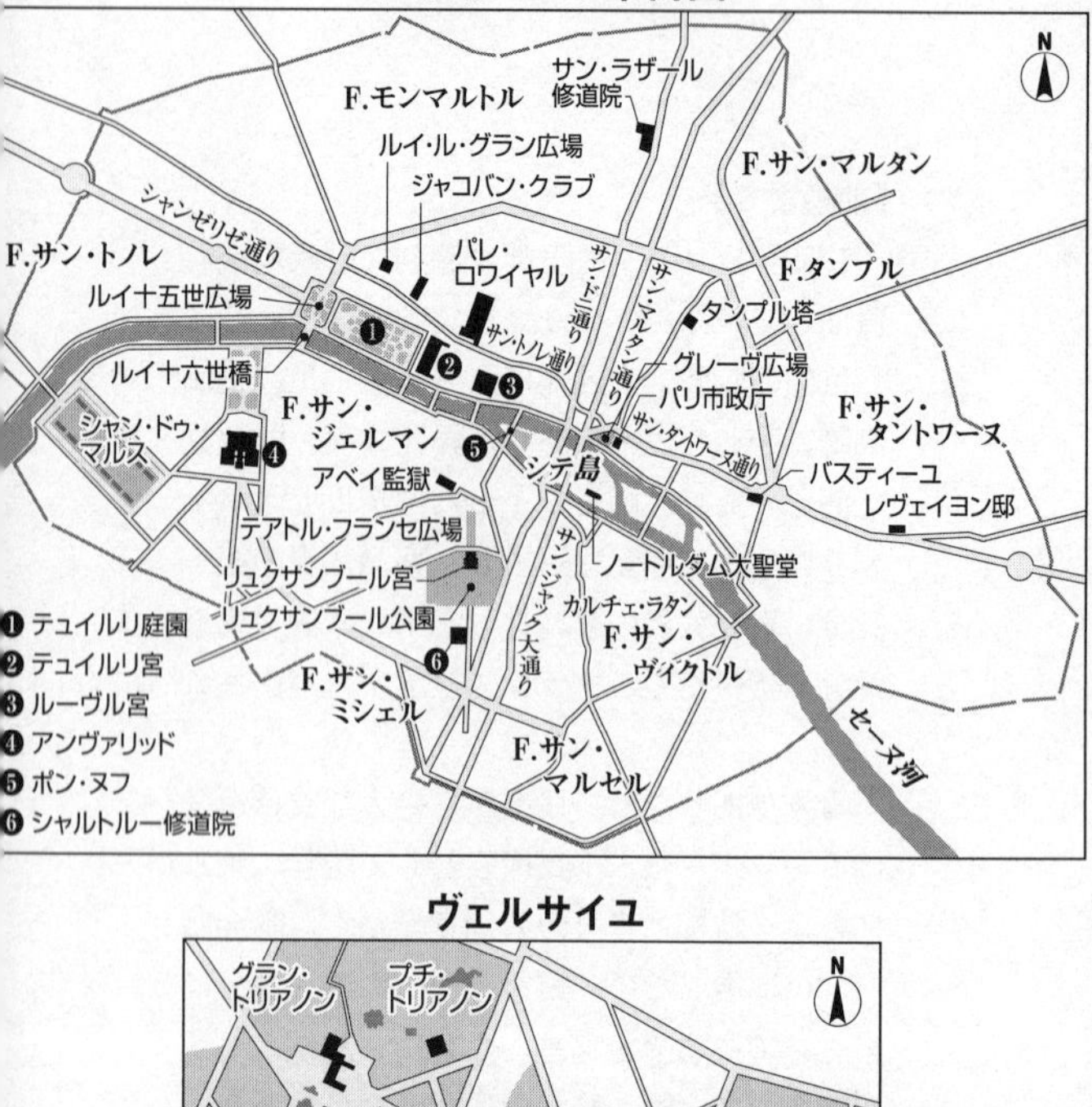

ヴェルサイユ

＊主要登場人物＊

ミラボー　プロヴァンス貴族。憲法制定国民議会議員

ロベスピエール　弁護士。憲法制定国民議会議員

デムーラン　弁護士

ダントン　弁護士

マラ　自称作家、発明家。本業は医師

ルイ十六世　フランス国王

マリー・アントワネット　フランス王妃

アルトワ伯　ルイ十六世の実弟。守旧派

フレッセル　パリの商人頭

ローネイ　バスティーユ総督

サンテール　麦酒醸造会社経営のブルジョワ

バイイ　天文学者。国民議会初代議長。憲法制定国民議会議員

ラ・ファイエット　アメリカ帰りの開明派貴族。憲法制定国民議会議員

リュシル・デュプレシ　名門ブルジョワの娘。デムーランの恋人

メルシィ・ダルジャントー　オーストリア大使

Les hommes naissent et
demeurent libres et égaux en droits.

「人間は生まれながらにして自由であり、
権利において平等である」
（人間と市民の権利に関する宣言、第一条より
1789年８月26日）

バスティーユの陥落

小説フランス革命3

1――グレーヴ広場

「カミーユ、おきろ、カミーユ」

頬《ほお》を叩《たた》かれ、デムーランは目を覚ました。ぶるると大きく身震いしてから、背中が痛いことに気づいた。苦痛に顔を歪《ゆが》めることで思い出すと、遅れながら苦笑を禁じえなかった。

――夏とはいえ、やはり野宿は応《こた》えるものだな。

一七八九年七月も、波乱の十二日はすぎて、もう十三日の朝ということらしかった。

やや乱暴ながらも親切に起こしてくれたのは、巨木を思わせる大男だった。身体《からだ》の厚みなど、いつも胸を張っているようにみえるくらいで、まさに迫力満点の偉丈夫である。

野性味あふれる巨漢といえば、ミラボー伯爵にも相通じる風があった。が、あちらは貴族の生まれだけあり、どこか品格を感じさせた。こちらは全体が野卑な印象だというのは、頬に醜い疱瘡《ほうそう》の痕《あと》がないかわり、上唇に縦に裂けているかに引き攣《つ》る傷痕が残るからだった。つぶれて左右に広くなっている鼻とあわせて、子供の頃に牛に踏まれたという、嘘《うそ》のような本当のような逸話の所産だが、それだけに天衣無縫な豪傑の趣はむしろ強い。

「やあ、おはよう、ダントン」

とりあえず挨拶《あいさつ》してから、デムーランは欠伸《あくび》ながらに続けた。ああ、もう朝か。

「なんだか早いな。ついさっき眠ったような気がするよ。してみると、ダントン、さすがに先祖は農民というだけあって、君は意外に早起きだったんだなあ」

それは懇意にしていた弁護士仲間のひとりだった。ジョルジュ・ジャック・ダントンはシャンパーニュ州からパリに上京してきた男で、こちらと同じ二十九歳ながら、もう二年前に結婚していた。そのことが大きいというのは、アントワネット・ガブリエルという奥さんがポン・ヌフの袂《たもと》で繁盛しているカフェ・ドゥ・レコールの経営者の娘であり、デムーランの場合、そこで奢《おご》られることがしばしばだったからである。

同い歳《どし》とはいいながら、そういう意味では兄貴分のようなものか。ダントンも苦笑で答えた。まったく、カミーユ、おまえも惚《とぼ》けた男だぜ。

「農民も、商人も、大工もねえだろう。今日くらいは誰だって早起きするぞ。朝の六時から、がらん、がらん、パリ中の教会が鐘を鳴らしたってんだからな」

「えっ、そんなうるさかったのか。気づかなかったなあ。熟睡してたんだろうなあ。昨日は疲れたからなあ。で、今は何時になるんだい」

「八時だよ」

答えたのは今度は小柄な男だった。いや、実際の体格をいえば、それほど小さいわけではないのだが、いつも猫背の姿勢なので、例えば、あのルイ・ル・グラン学院きっての秀才と同じくらいには縮んでみえてしまう。

「ああ、マラ、あなたも来ていたんですか」

と、デムーランは受けた。続けてロベスピエールと比べるならば、これも劣らず優秀な人物ではあった。

ジャン・ポール・マラは本業が医者であり、イギリスに長く留学して、医学博士の免状も取得したほどだった。一時は王弟アルトワ伯のところで、護衛隊付軍医の職も与えられていたというが、それを免じられてから、四十六歳になる今日にいたるまでが不遇だったのだ。

いや、相応に選挙人に推挙されたりもしていたが、少なくとも当人の自負心ほどには評価されていない。そのせいか、わけても優等生として、常に陽のあたるところを歩いてきたロベスピエールなどと比べると、疑《うたぐ》りぶかそうな目つきといい、常に斜に構えたような言動といい、はたまた前触れもなく爆発する短気といい、明らかに屈折の色が濃かった。

──つきあえば、悪い男ではないんだが……。

今日もマラは不機嫌顔で、なにやら肘《ひじ》のあたりを掻《か》き続けていた。持病の皮膚病も、あるいは癖の強さの一因だろうと、常日頃からデムーランは観察していた。

さておき、ダントンも、マラも、フランセ座の界隈《かいわい》に住んでいた。デムーランには御近所ということで、懇意の間柄もなれそめ自体には特筆されるべき事情もない。ただ交遊が深まるにつれて、二人とも当世の政局に一家言いだいていることがわかった。ああでもない、こうでもないと意見を交わして、それは議論仲間ということでもあった。

ちょっと駝鳥《だちょう》を思わせる、ことによると愛嬌さえある顔で、マラは続けた。いずれにせよ、カミーユ、いくらか急いだほうがいいぞ。

「市政庁の偉いさんが呼んでる」

「偉いさんが、誰を呼んでるって」

「だから、カミーユ、君のことをだ」

「どうして」

「どうして、だと」

呆《あき》れたといわんばかりに肩を竦《すく》め、それきりマラは答えなかった。もったいつけたつもりはなかったが、ああ、そうかと思いつけば、やはりデムーランは自尊心を高揚させずにおけなかった。ああ、そうだ。もう僕は英雄だったんだ。ついつい忘れてしまうけれど、もう昨日までの僕じゃないんだ。市政庁から直々に声がかかって、なんの不思議もないくらいの大物というわけだ。

とはいえ、別して呼ばれるまでもなく、すでに市政庁にいた。昨夜デムーランは、とうとう家には帰らなかった。というか、深夜まで群集を引き連れて、行き着いたところが市政庁だった。建物の前に開けたグレーヴ広場で、そのまま野宿することになったのだ。

「まあ、顔ぐらい拭《ふ》けや」

ハンケチを差し出して、今度はダントンだった。ハッとして手を伸ばせば、確かに頬がざらざらしていた。汗なのか、涙なのか、泥なのか、血糊《ちのり》なのか、恐らくは全部が混ざり合わさって、そのまま固まったのだろう。いずれにせよ、ひどい顔には違いあるまい。

デムーランはハンケチを借りた。ごしごし頬を拭《ぬぐ》うほどに、一瞬だけ昨夜の恐怖が蘇《よみがえ》った。が、それさえ克服してしまえば、直後には興奮が蘇る。ああ、僕は勝利した。フランス衛兵隊に助けられたとはいえ、群集を率いて見事ドイツ傭兵《ようへい》をテュイルリから追いはらってやったのだ。

すでに語り草らしく、市政庁の玄関に向かう道すがらも、何度となく声をかけられた。ああ、デムーランさん、おはようございます。あの御方《おかた》か、パリを起《た》ち上がらせてくださったのは。今さら、なにいっている。デムーランさんほどの英雄が他にいるものか。

ええ、ええ、昨日は快挙でございました。それまで威張りちらしていた軍隊を撃退して、あれはパリの歴史に、いえ、フランスの歴史に刻まれるくらいの壮挙でございました。

「この私だって、ポン・ロワイヤルで兵隊どもと対決しているんだがね」

数歩だけ先に立ちながら、マラが打ち明けていた。受けて、デムーランは確かめた。

「ドイツ傭兵かい、それともスイス傭兵かい」

「さあ、そんなこと確かめもしなかったが、いずれにせよデカい連中だった。もちろん見かけ倒しなぞ、簡単に追いはらってやったがね」

「ダントン、君は」

「俺《おれ》は兵隊には遭わなかったな。ただシャン・ドゥ・マルスから、いつブザンヴァル男爵が攻めかけてくるかわからないと、そうは聞いていたんでな。街区の連中に声をかけて、フランセ座のあたりで、ずっとバリケードを築いていた」

「そうか。で、どれくらいの街区がバリケードを築いたんだい」

「石畳が剝《は》がされていない街区のほうが、もう珍しいくらいだ」

それぞれにパリは活動したようだった。当たり前だ。とうに爆発寸前になっていたのだ。ネッケル更迭《こうてつ》の報が走れば、起ち上がらないでいられるはずがなかったのだ。

――いや。

ピリピリ、カリカリしていながら、パリはその一歩を踏み出せないままできた。すさんだフォーブール・サン・タントワーヌ街にして、八ツ当たりが関の山だった。どんなに威勢よい台詞《せりふ》を吐いても、軍隊を向こうに回して、本当に戦えた人間などいなかった。あれやこれやの七月十二日の出来事も、そもそもの始まりを問えば、パレ・ロワイヤルなのだ。

——つまりは僕だ。

自尊心の高まりに、鼻の穴が膨らんで仕方がない。それでも事実なのだから、無理もない。ああ、このカミーユ・デムーランだ。デムーランが起ち上がらなければ、まだパリは臆病《おくびょう》な沈黙に捕われて、鬱々《うつうつ》としたままだったのだ。

2――略奪騒ぎ

「あらためて、大変な一日だったね」

デムーランが続けたのは、もう少し持ち上げられてもよいかという気分からだった。ダントンは頷《うなず》きを示したが、といって重ねて褒めてくれるではなかった。

「はん、いくらか大変すぎたぜ」

「大変すぎた、だって。それというのは」

デムーランが確かめると、ダントンは答えず、かわりに顎《あご》を振ってみせた。促されて遠い空をみやると、黒煙が何本も筋になって上がっていた。ちかちか赤いものを紛れさせる煙もあって、まだ火事が続いていることがわかった。

あとを受けて、マラが続けた。なに、私たちが悪いわけじゃないさ。

「軍隊が不甲斐《ふがい》なさすぎるだけの話だよ」

つまるところ、それが昨夜の結論だった。テュイルリで強いられた敗走に動揺したか、それともフランス衛兵隊の背反が衝撃だったか、国王政府の軍隊は急に弱腰になった。あれからも深夜にいたるまで、パリ各所で群集相手の小競り合いは繰り返した。が、その程度の活動に終始して、発砲もしなくなった。どういう腹かと訝《いぶか》しく思うほどだったが、その実はパリの人々を牽制《けんせい》しながら、密《ひそ》かに撤退作戦を敢行したようだった。

おおよそ午前一時には、都心のどこを探しても兵隊の姿はみえなくなった。早耳の連中が伝えたところによれば、パリ方面軍司令官ブザンヴァル男爵は、分散していた部隊を引き上げさせて、いったん全ての兵力をシャン・ドゥ・マルスに集結させたようだった。

「いってみりゃあ、パリを抑えこんでいた箍《たが》が外れた格好だ。となるや、一も二もなく、あっさり暴発しちまうんだから、パリジャンのほうも、なあ……」

なお厳しく責める口調ではないながら、ダントンのほうは群集の非も認めた。実際のところ、深夜のパリを支配したのは混乱と無秩序だった。銃剣の恐怖が遠ざかってしまうや、もう人々は我慢しようとしなかったのだ。

まずは食糧の略奪だった。ひもじさを堪《こら》えるのも、とうに限界を超えていた。ありそうなところを虱潰《しらみつぶ》しに襲いながら、人々は食べられるものを漁《あさ》り始めたのだ。

パン屋、肉屋、魚屋、それに貴族の館《やかた》、高位聖職者の僧院と手あたり次第に餌食《えじき》にされて、なかんずく被害が甚大だったのが、サン・ラザール修道院だった。修道士どもは食糧を貯めこんでいると噂《うわさ》が流れるや、飢えた群集は問答無用に建物を破壊した。小麦、大麦、ライ麦、葡萄酒《ぶどうしゅ》、酢、油、チーズの類《たぐい》まで、実際みつけられたものも綺麗に持ち出してしまったのだ。

「パリの飢え方は、すでにして緊急事態というべきだったんだよ。信徒の苦しみを横目に、貯めに貯めこんでいた修道院も修道院というべきじゃないか。肥満坊主ときたら、自分の腹を満たすだけじゃなく、その食糧を軍隊に差し出す可能性もあったわけだしね。いってみれば、貴族の陰謀の片棒を担《かつ》ぎかねなかったわけだしね」

そうやって、デムーランは弁護に回った。実をいえば、自らも現場にいた。群集を引き連れながら、深夜まで忙しくしていたというのは、そういうことだった。

もちろん、そのときから無差別の略奪を感心するではなかった。が、かたわらでは必要悪というべきだろうとも、考えざるをえなかったのだ。

「まあ、食糧は仕方ねえや」

と、ダントンも認めた。それは問わないとして、だ。さすがに、あれは拙《まず》いだろ。あれというのは、パリの空に上がる煙のことだった。これまた、デムーランも知らないではなかった。

食糧の略奪が一番ならば、二番は平素の物価高騰に恨みを晴らす実力行使だった。値上がりの一因として、かねて取り沙汰《ざた》されていたのが、品物の正価に上乗せされる入市税だった。品薄を理由とした値上がりに乗じながら、徴税請負人どもは知らぬ顔で、税金まで高くふっかけていたというのだ。

かかる恨みが向けられた先が、全部で五十四を数えるパリの城門だった。今の城壁は中世の遺跡を市内に残しているような、軍事目的のそれではない。徴税請負人組合が談合して、一七六六年に建てたものであり、パリに出入りする人や物の管理統制を目的としている。いうなれば入市税関であり、こんなふざけた振る舞いを許しておくものかと、怒れる群集は家具やら、調度やら、徴税帳簿やらを持ち出したあげくに、建物ごと火をつけてしまったのだ。

それがパリの夜空を朱に染めて、明けてなお黒煙を立ち上らせている火事だった。

「けれど、どうして、まずい。そりゃあ多少は乱暴だったかもしれないけど、入市税は廃止するべきというのが人民の意思だとすれば、城門だって破壊されてやむなしというところだろう」

「その通りだ、カミーユ。ああ、下々の人間にとっちゃあ、その通りなんだ。けど、偉いさんにしてみれば、そのへん、やっぱり複雑なんだろうさ」

ぶっきらぼうな割に、ダントンは常識家の一面も持つ。もちろん、仄《ほの》めかされた意味はデムーランとて、わからないではなかった。徴税請負人といえば、ブルジョワも最たるものだ。王家の認可で行われる事業であれば、信条として王家寄りでもある。かかる守旧派がパリ市政庁を牛耳《ぎゅうじ》ってきたことも事実なのである。

「けれど、偉いさんも総いれかえになったんじゃないのか。アンシャン・レジームを廃して、自治評議会の設立が可決されたんじゃないのか」

デムーランは確かめた。昨夜遅くに聞かされた、それが市政庁の動きであるはずだった。すなわち、選挙人集会は市政庁に場所を与えられ、市議会的な役割を占めるようになり、いよいよ自らパリの舵取《かじと》りを行う。その主体が選挙人から選ばれる自治評議会であり、これを頂点とする自治団が以後パリの行政を司《つかさど》る。

ダントンは答えた。ああ、確かに自治評議会は設立される。

「だが、手続きというもんがある。評議員選挙まで、いくらか要するってわけだ。かたわら、この風雲急を告げるパリを、無政府状態にするわけにもいかねえ。そこで、とりあえず常設委員会とやらが、全権を委《ゆだ》ねられることになったんだそうだ。その委員会に、商人頭フレッセルと配下の四参事も席を占めてやがる」

「守旧派じゃないか。国王政府の犬じゃないか」

あの貴族かぶれが、しぶとくも……。いちいち吐き捨てるようにして、デムーランは続けた。そもそもが旧市政が弱腰だったから、こういうことになったんじゃないか。いくら目をかけられてきたからといって、軍隊まで進駐させてきたんだから、その時点で国王政府に抗議するべきだったんだ。なんでも言いなりになる体《てい》たらくだからこそ、パリの人民は腹を立てたんじゃないか。その怒りを受けて、選挙人集会が立ち上がったんじゃないか。

「選挙人はどうなんだい。選挙人だって、少なからずが委員になっているんだろう」

「そりゃあ、そうだ。ああ、締め出されてたまるかよ」

かかるダントンの返事を受けて、脇《わき》からマラが皮肉屋の笑みでつけたした。その選挙人だって、ブルジョワはブルジョワさ。

「商人頭の類に比べれば新しいが、それも全体どれくらい新しいものやら。どれくらい人民の立場にたってくれるものやら」

「自分が選挙人のマラ先生がいうだけあって、そいつは確かに問題だな。まあ、カミーユ、いずれにしても、だ」

ダントンが話をまとめた。パリ市常設委員会は夜通しで緊急会議を続けたらしい。その結論をグレーヴ広場で公示したいと思うのだが、世評に高いデムーラン君におかれては、ひとつ了承してもらいたい話がある。ついては御本人を探してきてくれないかと、そう俺《おれ》たちは頼まれたというわけだ。

3——市政庁

白亜の円柱が並んでいた。いや、いくらか青みがかった印象があるのは、屋根のスレート瓦の色のせいなのか。あるいは石材そのものが、元からそういう質なのか。

パリ市政庁も、この大都会を代表する巨大建築のひとつだった。グレーヴ広場からすると東側に立つために、朝日を独り占めしようと意図して立ちはだかる風もある。言い訳ではないながら、デムーランが寝坊したのも、すっぽり影に包みこまれた界隈《かいわい》が、なかなか明るくならないからだった。

その大きな影の形をいうならば、獣のように大きな耳を左右に突き出し、その額に一本ニョキリと鋭い角を生やしている、悪魔かなにかのように禍々しいものになる。ひときわ高い寄せ棟の屋根が南棟と北棟で、その両者を切り妻屋根の中央棟がつないでいる造りだからだ。

南棟と北棟には、それぞれ下階にトンネルがあった。北棟のそれが鉄柵《てつさく》で塞《ふさ》がれているのに対して、南棟のそれは常時開放されているので、こちらのほうが玄関かと思いきや、暗がりを奥のほうに進んでいっても、回廊の中庭に辿り着くばかりだった。

　市政庁の正面玄関は中央棟、切り妻屋根から伸びる鐘楼と時計台の真下である。もっと低い目線でいうならば、左右を白柱に枠取られた硝子窓《ガラスまど》の並びが、三つ続いた後の中央大扉のほうになる。落ち着いて考えれば、ごくごく当たり前の設計でしかないのだが、市政庁の大きさに圧倒されることもあり、パリに不案内な人間は少し迷うことがある。

　とはいえ、仮に初めて訪れても、今日のところは間違えようもなかった。あちらこちらと人が塊《かたまり》を作っているグレーヴ広場にして、そこだけ群を抜いた黒山の人だかりになっていたからだ。のみならず、なにごとか大声を上げながら、ちょっとした悶着《もんちゃく》にもなっていたのだ。

「ですから、もう皆さんの手を煩《わずら》わせるには及ばないと、そういっているのです」

　人垣を分けて進むと、来たばかりのデムーランにも、すぐに様子が理解できた。騒いでいたのは、なべて貧しい風体であり、それが一人を囲んでいたからだ。

　でっぷりした腹を突き出す老人は、その重量感で多数を相手にしても全《まった》く動かなかった。のみか場違いな印象さえある白い巻毛の鬘《かつら》を隙《すき》なく整えながら、そうすることで帽子さえ被《かぶ》らない連中を睥睨《へいげい》するようでもあった。

　もう確かめるまでもない、噂《うわさ》の商人頭フレッセルである。

「繰り返しますが、パリ市は民兵隊の創設を決めました。六十街区が、それぞれに八百人の民兵を選抜することになりましたから、総勢四万八千人の民兵隊になります。これで、もう十分じゃありませんか。あなたがたは全体なにが納得できないんですか」

丁寧な言葉遣いとは裏腹に、やはりというか、フレッセルは尊大に上から押しつける態度だった。実際に気圧《けお》されて、何人かは目を泳がせてしまったが、なお屈しなかったのが、油で汚れた前掛け姿の男だった。まだ親方株は持たないであろう若さながら、これも短気という職人の相場のほうは御多分に洩《も》れなかった。ああ、納得できるわけがねえや、こんちくしょうめ。

「その民兵隊という奴《やつ》だが、選ばれるのは要するに金持ちばっかりなんだろうが」

「作為ある話ではありません。それは制服だの、軍刀だの、銃だのと、装備を自弁できるだけの経済的余裕がある方という意味で……」

「んでもって、王の軍隊に立ち向かうでなく、俺《おれ》たち貧乏人を叩《たた》いてやろうって話か」

「誰が、そんなことといいましたか。まったく、悪意の曲解も甚《はなは》だしい。ただ私はパリに秩序を取り戻さなければならないと、そういっただけなんです」

「だったら、俺たちが武器を持つのは勝手なんだな」

「勝手といえば勝手ですが、それでも略奪は困りますよ」

フレッセルがいうのは他でもない。武器がない。暴政の軍隊に立ち向かおうにも、銃がないでは始まらない。十二日に繰り返された小競り合いで痛感すると、群集は武器探しにも奔走していた。それが昨夜の混乱に乗じて、銃砲店、武器商、さらには武具工房にいたるまで、武器が手に入れられると思《おぼ》しき場所の襲撃に発展したのだ。

「パリは蜂起《ほうき》した。この際は無償提供に応じられたい」

そうは口上を述べられても、もっていかれる立場としては文字通り略奪の被害である。加えるに棍棒《こんぼう》だの、剣だの、拳銃《けんじゅう》だの、狙撃銃《そげきじゅう》だのと握られたあげくに、食糧を探せと方々に押し入られ、取りすぎた税金を戻せと税関に火をつけられるのでは、当局としては寛容な黙認などできるはずもない。守旧派の大立者フレッセルは無論のこと、マラの見通しを容《い》れれば、選挙人のようなブルジョワたちにしても、である。

――そのことを察するからこそ、こちらも危惧《きぐ》せざるをえない。

デムーランは若い職人の怒りも理解できる気がした。従前パリを統べてきた空気からするならば、勘繰らずにいられない。民兵隊の創設を決めたというが、なんのための武力なのかと。秩序を守るというが、それは誰のための平和なのかと。金持ちに武器を持たせて界隈を巡回させて、下々を取り締まろうというのが一番の眼目なのではないかと。

――難しいな。

英雄が出現すれば、皆が一丸となってつきしたがうと、そんな単純な話ではないようだった。一端《いっぱし》の有識者として洞察を進めれば、なおのことデムーランは苦悶しないでいられなかった。一方を正しいとして立て、他方を邪《よこしま》として退ければ、それで治まるという話でもないからだ。

つまり、市政庁の偉いさんを立てれば、パリに平和が取り戻されるとしても、そのときこそ国王政府の思う壺である。といって、名もない人々だけで決起を強行しても、そのときは大義のない暴動として、鎮圧されてしまうのが関の山だ。

いずれの場合も、ほくそ笑むのは卑劣な貴族だけである。平民に平民をけしかけて、自らに屈服させる。その陰謀を阻もうと思うならば、第三身分で仲間割れすることだけは避けなければならない。そのために僕は……。

「ああ、君たち、戻りましたか」

歩みを寄せた三人に気がついて、フレッセルが声をかけてきた。群集に詰め寄られながら、うまく切り上げるきっかけができたといわんばかりの喜色さえ浮かべていた。それで、みつかりましたか、カミーユ・デムーラン君は。

「ああ、もしかすると、まんなかのお若い方かな」

「ええ、僕です」

答えながら、デムーランは商人頭の面前まで進み出た。

あれがデムーランさんか。ああ、そうだ。皆を率いて、パリを起《た》ち上がらせた方さ。パレ・ロワイヤルから飛び出した勇者さ。囁《ささや》きが重なり合うと同時に、さあと人垣が分かれて、皆が道を開けてくれた。されるほどに無邪気に自尊心を高揚させるのでなく、デムーランは今度は我が身にのしかかる責任のほどを痛感するばかりだった。

フレッセルは続けた。ああ、そうでしたか。ああ、ああ、あなたでしたか。

「ええ、ええ、デムーラン君。話というのは他でもありません。聞くところによると、昨日パレ・ロワイヤルから行進を始めたとき、あなたは同志の印を緑色に決めたんだとか」

「はい、ネッケル閣下の色ですから」

「それが、ですな。緑はアルトワ伯家の色でもあるというのですな」

アルトワ伯というのは、ルイ十六世の実弟のことである。同じ親王の身分でも、自由主義のオルレアン公とは対極の立場にある。守旧反動の権化として名前が通る人物であり、全国三部会における数々の嫌がらせも、その実はアルトワ伯の仕業といわれていた。こたびの貴族の陰謀においても、最大の黒幕と噂されている。

「私としては、これは都合が悪いと考えざるをえませんでした。そこで常設委員会で検討した結果、伝統的なパリ市の色である赤と青を帽章にして、新設される民兵隊に配りたいとなったのですが、そのこと、デムーラン君におかれても了承していただけますね」

「ええ、それは構いません」

と、デムーランは即答した。もとより、その場の思いつきで緑に決めたのみであり、特に深い意味を籠《こ》めたわけではなかった。にもかかわらず、変更に承諾を求められた。それもパリ商人頭ともあろう大物に懇《ねんご》ろに持ちかけられた。不服に思うどころか、かえって自分の存在の大きさが裏打ちされたようで、まんざらでない気分だった。ああ、今やパリ市政庁の偉いさんでも無視できない、多大な影響力をほしいままにして、この僕もパリの大物のひとりなのだ。

4──直談判

デムーランは続けた。ええ、ええ、異存などありません。

「というのも、赤と青はパリ市の色というだけじゃありませんから。赤は自由のために流される血の色です。その血が祝福するであろう、天上の神聖な政体を表す色が、もうひとつの青なのです」

「なるほど、うまいこと形容なさる。さすがは作家さんであられますな」

作家さんなのでしょう、御本職は。フレッセルに確かめられて頷《うなず》いてから、背中に寒さを覚えた。刃物さえ連想させながら、ぐさぐさ突き立てられるかの冷たさであれば、ある種の殺気までこめられたということだろう。

デムーランは人々の視線を意識しないでいられなかった。まずい。調子にのって、追従《ついしょう》のような言辞まで弄《ろう》してしまった。が、忘れてはならない。フレッセルはアンシャン・レジームの人間なのだ。事実、つい先刻まで広場の群集など、軽くあしらう態度だったのだ。

そのことを思い出せば、俄《にわ》かに疑念も湧《わ》いてくる。昨日の出来事を下々の勝手な騒ぎとして厭《いと》うのならば、その先頭にいた僕の思いつきなどに、どうして敬意を払うのか。

――ははあ、懐柔しようというわけか。

デムーランは看破した。民兵隊を創設して、向後《こうご》は市政庁が主導権を握りたい。が、そんなものは金持ちブルジョワの運動にすぎないとする、庶民の反感は必至だ。それを慰撫《いぶ》するために、カミーユ・デムーランも納得している話なのだと、きちんと下々の意も汲《く》んでいるのだと、そういう外観を整えたかったというわけだ。

――が、それでいいのか。

自問するまでもなかった。デムーランは商人頭に続けた。ええ、ですから、帽章の変更は構いません。緑だろうと、赤青だろうと、そんなものは些細《ささい》な問題です。

「ですが、そのかわりというか、僕らも武器は持ちますよ」

背後にざわめきが起きた。が、自分の背中に注がれている視線に、デムーランは今度は暖かさを感じることができた。いや、すでにして熱い。ああ、もう誰にも止められないくらいまで、パリは熱くなっているのだ。

反対にフレッセルは冷ややかな目つきになった。のみならず、苛立《いらだ》ちさえ覗《のぞ》かせた。

「ですから、デムーラン君、さきほども申しましたように……」

「民兵隊だけでは不安なのです」

と、デムーランは先んじた。ええ、不安です。というのも、相手は歴《れっき》とした軍隊なのです。しかも貴族が裏で糸を引いている。いずれにせよ、戦いずれした連中です。今日にも新たに三万の軍隊が、フォーブール・サン・タントワーヌ街に進駐するという噂《うわさ》もあります。ドイツ傭兵がル・トローヌ門を占拠したとか、敵はラ・シャペル門の突破を狙《ねら》っているとか、不穏な情報が今も矢継ぎ早に届いているのです。

「対するにパリの強みといえば、数だけでしょう。ええ、ここは王国最大の都なのです。であるならば、できるだけ多くの人間が武器をとるべきではないでしょうか」

その通りだ。いいぞ、いいぞ、デムーラン。手を打ち、また足を踏みならし、背中の群集が大盛り上がりの体《てい》を示すと、眼前ではフレッセルが気まずく誤魔化《ごまか》す顔になった。

ちょ、ちょ、ちょっと、まってくださいよ。

「いったい、なんの話をしているんです。いや、いったん落ち着いてみましょうよ。我々の共通の目的というのは、軍隊を解散させることではないのですか」

「それは、そうです」

「だったら、無闇《むやみ》に刺激するべきではありませんよ。一番に心がけるべきは、パリの秩序の回復なのです。それは民兵隊がやりますから、あとは御心配なくと、そうして御《お》ひきとり願うより他に、軍隊を解散させる術《すべ》などないでしょう。あなた方だって兵隊たちを向こうに回して、まさか本気でやりあおうだなんて、考えているわけではないんでしょう」

「いえ、考えています。形だけ軍隊が解散すれば、それでいいという話ではありません。通じて貴族の陰謀を打ち砕くことこそが、我々の真の目的なのです。でなければ、いつまでたっても、第三身分の明日は来ません。ヴェルサイユの議会すら、十全に機能しないままだ」

その通りだ。いいぞ、いいぞ、デムーラン。再び背後が盛り上がれば、今度のフレッセルは内心の不機嫌を宥《なだ》めるような薄笑いで、大きく肩を竦《すく》めてみせる動きだった。

「どう道理を説いたものですかな。あるいは重大な誤解があるかと……」

「いずれにせよ、僕らも武器をとりますよ」

無視して、デムーランは話に王手をかけた。それだけは認められないとばかりに、すぐさまフレッセルは口を動かそうとしたのだが、なにごとか声になるより先に、立て続けの言葉で再び制してしまう。

「もちろん、略奪はしません。秩序の大切さについては、僕も全《まった》く同感です。ええ、第三身分のための戦いなのだから、第三身分が泣くような真似《まね》はするべきではない。ですから、僕らにも武器を供与してください」

「はあ？」

「皆が略奪せざるをえないとすれば、それは武器がないからなのです」

いざ略奪を試みても、大して手に入れられないという事情もあった。すでにパリ中の銃砲店、武器商、武具工房は探し尽くしており、あとは襲撃してみても、押収できるのは武器としての性能より工芸品としての価値のほうが高いという、骨董品《こっとうひん》くらいのものでしかない。だからこそ、デムーランは直談判なのだ。ええ、パリ市常設委員会の名において、僕らに銃を供与してください。

「悪い話ではないと思いますよ。僕らも勝手な行動はできなくなるわけですからね。いってみれば、市政庁の管理下に入るわけですからね」

「しかし、ですよ、デムーラン君」

「市政庁に今ある分だけでも、提供してください」

「市政庁に？　い、いや、ないよ、ここには銃など」

「本当ですか」

間を置かずに質《ただ》したのは、デムーランではなかった。群集の誰かでもない。話に割りこんできたのは、フレッセルの背後から現れた男だった。

固太りな中年の風体も押し出しの立派な人物で、今は非常事態と頭は短髪そのままを突き出してはいるものの、クラヴァットの首から下の服装は一見して仕立がよかった。

なるほど、フレッセルの背後から現れるはずで、まさに市政庁の側の人物である。

「ああ、これは失礼いたしました。わたくし、サンテールと申します」

「サンテールというと、麦酒《ビエール》醸造会社を経営してる、あの……」

一番にダントンが確かめた。さすがはカフェの婿だ。頷きが返ると、あとをマラが受けた。

「ブルジョワ中のブルジョワ、選挙人も中心人物のひとりというわけですな」

「というより、貴族の陰謀を苦々しく思うパリジャンのひとりです」

そう自らを形容したからには、心情は庶民に近いということか。裏を返せば、パリ市政庁は一枚岩ではないということか。常設委員会も、フレッセルの与党ばかりではないということか。

事実、サンテールは続けた。

「選挙人集会の一員として、この数週パリ市政庁に出入りするようになっていますが、実際のところ、ほんの先月までは私も外部の人間だったわけですからな」

当然ながら、市政庁を熟知するわけではない。つまり、どこに、なにがあるのか、全て把握できているわけではない。そこまで断ると、サンテールは商人頭に向きなおった。

武器に話を戻しますと、なるほど軍管轄の基地ではないのですから、市政庁に大量の武器弾薬が備蓄されているとは思いません。けれど、多少はあって然《しか》るべきだ。それが、どこにもみあたらない。腑《ふ》に落ちない気分もないではなかったので、これを機会とフレッセル殿に確かめさせていただきたい。

「本当にないんですか。市政庁のどこかに秘蔵してあるんじゃないですか」

「いや、ありませんよ。衛兵に持たせる旧式のマスケット銃が、せいぜい数丁ある程度で……」

「だとすれば、それはそれで由々しき問題です。なんとなれば、このままでは民兵隊の武装さえままならない。武器不足は深刻なのです。金を出せば買えるというものでもないのです。誰が肩に担《かつ》ぐにせよ、銃器弾薬の調達は急務と考えなければならない」

「そ、それは、そうですが……」

「あるのでしょう、どこかに武器が」

「なんというか、リュクサンブール宮の近くに、ええ、あの裏手にシャルトルー修道院がありますな、そこに多少は預けてあります」

「他には」

「シャルルヴィルの銃砲工場に頼めば、いくらか融通してもらえるでしょうか」

そうフレッセルは確かに答えた。

5——武器をさがせ

「武器をさがせ」

それが今やパリの合言葉になっていた。武器をとれとは叫んだものの、容易に手に入らない。武器がなければ、兵隊を相手には戦えない。だからこそ、武器をさがせ。まずは銃器弾薬を調達することだ。血眼になってパリ中をあたり、一丁一発でも多く揃《そろ》えることだ。

「だから、急げ」

大急ぎで運び出せ、とデムーランは声を張り上げていた。

七月十四日、パリは空に低く雲が垂れこめる朝になった。夏も盛りという割には清々《すがすが》しさもなかったが、その時ならぬ重苦しさが逆に昼間の蒸し暑さを予感させた。じき十一時になるが、実際に太陽が高くなるにつれて、暑さは堪えがたいくらいになった。もう皆が下着を絞れるくらいに汗だくなのだ。

芝生の緑を何台もの手押し車が往来していた。玄関で地下室から運び上げられた荷物を載せられるや、押し出されて鉄柵《てっさく》の門に向かう。門前には駐車待機の馬車が一列に連なって、その荷台に移し替えられ次第に、空になった手押し車は再び玄関まで戻される。馬車のほうは荷物が満載になり次第に、次の馬車に門前の位置を譲って出発する。

皆で役割を分担しながら、そうした作業を繰り返して、もう一時間も続けたろうか。人々の奮闘を鼓舞しながら、最中《さなか》のデムーランは、はらはら胸を高鳴らせ通しだった。

「急げ、急げ、いつ兵隊が乗りこんでくるかわからないぞ」

物音が聞き咎《とが》められまいかと、心配でならなかった。朝一番から乗りこんだ先というのが、アンヴァリッドだった。

パリ左岸、オルセー河岸から南に四分の一リュー（約一キロ）ほど坂道を上ったところに、アンヴァリッドは位置している。連なる建物に視界が閉ざされているとはいえ、まさに目と鼻の先、わずか七百ピエ（約二百二十メートル）ばかり西側に開けているのが、シャン・ドゥ・マルスである。それはパリ方面軍司令官ブザンヴァル男爵が、軍勢を集結させている練兵場のことなのである。

いつブザンヴァルに気づかれるか。いつ兵隊が乗りこんでくるか。生きた心地もしないほどに、デムーランは今さらながら、腹が立って腹が立って仕方なかった。

――フレッセルの嘘《うそ》つきめ。

いうまでもなく、昨日十三日も終日武器探しだった。が、兵器廠《アルスナル》で若干の火薬が、サン・ニコラ港で弾薬三十五箱が発見された他は、はかばかしい成果もなかった。なかんずく業腹《ごうはら》なのが、フレッセルに教えられて急行したシャルトルー修道院にも、シャルルヴィルの銃砲工場にも、武器など隠されてはいなかったことである。

——どうして、すぐばれるような嘘をつくのか。

激怒の群集はグレーヴ広場に引き返した。市政庁に詰め寄せると、フレッセルは曖昧《あいまい》な笑みを浮かべながら、今度はアンヴァリッドに行けと指示を改めた。傷病兵の病院兼作業所は、いうまでもなく軍管轄の施設であるが、パリ市常設委員会の名において、銃器弾薬の引き渡しを依頼するからというのだ。

デムーランは有志一同を伴いながら、十三日の夕のうちにアンヴァリッドに向かった。強硬手段も辞さないと、皆で鉄柵の真際まで押しかけたのだが、アンヴァリッド守備隊長ソンブルイユは意外なほど真摯《しんし》に対応してくれた。パリ市の依頼は了解した。急ぎヴェルサイユに許可を求める。引き渡す銃器弾薬の梱包《こんぽう》作業もあるので、明朝改められたいという返事だった。

——その言葉を信用すれば、この有様か。

十四日は九時前から、およそ三万人という人々がアンヴァリッドに詰めかけた。パリ市常設委員会から正式な使者が派遣されて、再度の引き渡しを要求したが、迎えたソンブルイユはといえば、のらりくらりと言葉を左右させながら、なかなか門を開こうとはしなかった。が、誰もが承知していたところ、シャン・ドゥ・マルスは目と鼻の先なのだ。悠長なお喋《しゃべ》りになど、つきあう気になれないのだ。

早々に痺《しび》れを切らして、群集は鉄柵を乗り越えた。病院を素通りし、誰もいない作業場を駆け抜けて、本館の地下倉庫に押し入れば、そこで姑息《こそく》な作為が実行されていた。

「いたっ」

地下室に降りるや、デムーランは靴底に固い感触を覚えた。足をどけると、その鳥の嘴《くちばし》を思わせる小さな黒鉄《くろがね》の塊は、銃の引鉄《ひきがね》のようだった。

見渡せば、他にも小さな部品がいくつか散乱していた。ソンブルイユが守備兵に命じた徹夜の作業というのが、丁寧な梱包ならぬ銃の分解作業だった。引き渡さなければならないものなら、使えなくしておこうという腹だったのだ。

——ならば、はじめから引き渡しなど、拒否すればよいものを……。

誰も彼もが、どうして見え透いた嘘をつくのか。その場だけ凌《しの》いだところで、どうなるものでもあるまいに。そう憤りの言葉を続けているうち、ふっとデムーランは可笑《おか》しくなった。引き渡しを拒否できたはずもないか。ひとたび群集に襲われてしまえば、抵抗のしようもなかったか。

守備隊は二十人程度にすぎなかった。それもアンヴァリッドというだけに、守備兵は老兵か、でなければ傷病兵、いずれにせよ一線を退いた廃兵ばかりだった。文字通りに「価値(ヴァリッド)」が「ない(アン)」ような兵隊が、他に仕事もなかろうからと政府にお情けで与えられている閑職が、ここの守備隊勤務なわけだ。

が、それもパリの人々にとっては俄然《がぜん》話が違ってくる。

――廃兵もフランス人だ。

同胞のフランス人を苦しめるような上官に、唯々諾々《いいだくだく》と平伏するつもりはない。とはいえ、そこは廃兵であり、フランス衛兵隊のように正面きって政府に反旗を翻す気概まではなかった。それでも、できることはやってくれたのだ。

銃を分解せよという命令を受けながら、これに廃兵たちは怠業をもって応じていた。銃剣ひとつ抜くのに一時間、螺子《ねじ》ひとつ外すのに一時間とかけながら、これでは一晩でも一丁の銃さえ分解できない。

「それで押収した銃は、全部で何丁ほどになったんだ」

と、デムーランは問うた。大方を運び出して、あとは最後の確認だけだった。帳面と羽根ペン片手に地下室に残っていたのは、やたらと臭《にお》うドミニコ会士だった。

「三万丁は下らないかと思います」

「それで大砲は」

「神の恩寵《おんちょう》によりて、全部で二十門ばかり」

「よし、悪くない。大急ぎでグレーヴ広場に運べば、一仕事おわりだな」

デムーランは走り出した。表の芝生に飛び出すと、最後の馬車が荷台に幌《ほろ》をかけながら、ちょうど出発するところだった。

「ふう」

最後まで兵隊は来なかった。人心地つけながら、デムーランもアンヴァリッドに別れを告げる群集のなかに紛れた。

セーヌ河に出るまでは下り坂が続くので、荷物を満載していても、馬車の歩みは軽快だった。それを守るようにして進んでいく道々、ようやく成果を手にしたとはいえ、達成感のようなものはなかった。だらだら汗は顎《あご》の先に滴り続け、引いていく素ぶりもないというのは、まだ仕事は終わりでないと、ほてり続ける身体のほうが直感しているからだろう。

「それでデムーランさん、どうしやす」

義足の軍服が聞いてきた。この退役軍人だけでなく、デムーランに同じような問いを投げる輩《やから》は跡を絶たなかった。武器をさがせ。武器をさがせ。界隈《かいわい》の建物に響かせながら、まだ合唱のような掛け声も続いていた。

「ええ、まだまだ武器は足りませんぜ」

そう続けられれば、デムーランも頷《うなず》かないではいられなかった。

アンヴァリッドでは三万丁余の銃を調達できている。もう十分だという気もする。が、たとえ十万丁から揃えられたとしても、やはり安心できないだろうとも思うのだ。

パリの危機感は高まるばかりだった。シャン・ドゥ・マルスに集結した軍勢は、そのまま不気味な沈黙を続けていた。市内に出動することもなければ、それこそ間近のアンヴァリッドで騒がれながら、なお静観を貫くほどだ。

ちょこちょこ動かず、ブザンヴァルは一気呵成《いっきかせい》の総攻撃をかけるつもりだと、それが専らの見通しだった。今はモンマルトルに砲台を築くほうに忙しくしているのだと、まことしやかに論じる向きもある。いずれにせよ、死力を尽くす激戦は、そう遠い話ではない。

――そのとき銃が不足したら……。

弾薬が切れてしまったらと思うほど、パリは焦りに駆られるばかりだった。ああ、まだ足りない。まるで足りない。今のうちに少しでも多くを確保しておかなければならない。

「でなくたって、グレーヴ広場に運ばれてしまえば、この銃は本当に手前どもにも配られるんでしょうか」

菓子屋のラグノオは、そうも危惧《きぐ》を表明した。なるほど、アンヴァリッドで三万丁余を入手したとはいえ、まだ民兵隊の額面四万八千人にさえ行き渡らない計算だった。

名もない人々にまで配られるとは思えない。こちらとしては当然ながら不服だ。さりとてパリ市常設委員会の名前で押収した物品を、勝手に持ち出すことはできない。持ち出せば、味方であるはずの市政庁まで、不法な暴徒と罵《ののし》りの声を高くする。

「ちっ、せっかく手に入れたってえのに、金持ちに配られたが最後で、その銃が今度は俺《おれ》たちに向けられるなんて御免ですぜ」

退役軍人も続けた。単なる被害妄想で片づけられないというのは、現に昨夜のパリでは朝までに及ぶ警戒態勢が敷かれていたからだった。いたるところ篝火《かがりび》が焚《た》かれ、あるいはランプのあかりを灯《とも》し、組織されたばかりの民兵隊が、フランス衛兵隊にまで加勢を求めながら、終夜の巡回を励行したのだ。

いうまでもなく、無法な略奪を未然に防ぐためである。パリでは上下の間の不信感が、まだ払拭《ふっしょく》されていなかった。上は略奪めあての暴徒と罵り、下は保身ばかりの嘘つきだと誹《そし》りながら、総決起は依然として形ばかりのものなのだ。

現状かろうじて両者をつなぎあわせているのは、第三身分の大義のために俠気《おとこぎ》を示してくれたフランス衛兵隊であるとか、ブルジョワながらも抵抗運動に積極的な、サンテールをはじめとする選挙人たちであるとか、あるいは他でもない自分やダントン、マラのような、法曹、文人、学生を中心とするパレ・ロワイヤルの志士であるとか、そんな数えられる程度の僅《わず》かな人々ばかりである。

——パリが一丸となるために……。

ますますもって、さがすべきは武器だった。全員に銃が行き渡れば、もう金持ちも貧乏人もなくなる。民兵隊に名を連ねるも、連ねないも関係なくなる。誰もが戦える力を有して、そのときこそ差別がなくなるはずなのだ。あまねく人民が横一列に並びながら、パリ総決起が実現するはずなのだ。

「といって、もう武器は、どこをさがせば……」

「サン・タントワーヌ通り、二三二番地あたりですかね」

退役軍人が答えた。ええ、ブザンヴァルの野郎も先手を打って、パリ中の火薬という火薬を、あそこに運びこませたといいますしね。

「だから、あそことというのは……」

問いかけて、デムーランは気がついた。武器をさがせ。武器をさがせ。そうした先刻までの掛け声が、いつの間にやら別な言葉に変わっていた。

誰が教えたわけでなく、誰が命じたわけでもない。強いていうなら、皆が一斉に天の啓示を受けでもしたかのようだった。それが証拠に、その言葉は勝手に人々の口をついて、自《おの》ずから大きな叫びに長じていた。

「バスティーユへ、バスティーユへ」

「ああ、行こう、バスティーユへ」

デムーランも声を高めた。バスティーユなら、セーヌ河を右岸に渡り、グレーヴ広場に荷物を届けて、そのまま東に向かう道を進んでいくだけだった。

6――バスティーユ

「暗黒の中世が永らえている」

そのくらいの暗喩《あんゆ》は読み取るべきだろうな。評したのは皮肉屋のマラだったが、いいえて妙ではないかと、デムーランは大いに考えさせられた。

サン・タントワーヌ通り二三二番地こと、バスティーユに到着するや、少なくとも戦《せん》慄《りつ》は禁じえなかった。ああ、まさにアンシャン・レジームそのものだ。

「面構えが、なんとも厳《いか》めしいからな」

受けて、ダントンが続けていた。人垣から頭ひとつ抜けるくらいの巨漢は、自らが相当に厳めしい風貌《ふうぼう》なのだが、だからといってパリに紛れることすらできないわけではない。それがバスティーユとなると、あまりにも風貌が武骨にすぎた。パリのなかでも瀟洒《しょうしゃ》な高級住宅街マレ地区を控えていることもあって、ことさら周囲の景観に溶けこみようもないほどだった。

北側に付属するサン・タントワーヌ門と見比べても、なお異様な感じは否めない。ラ・シャペル塔、トレゾール塔、ラ・リベルテ塔、ベルトーディエール塔、コワン塔、ラ・コンテ塔、ル・プュイ塔、ラ・バズィニエール塔と、東西二列に四基ずつ、南北に長い方形を描くように全部で八基も円柱塔を連ねながら、それぞれの間を高さ十五トワーズ（約三十メートル）の幕壁で塞《ふさ》いでいる工法は、一瞥《いちべつ》して中世様式と見分けられるものなのだ。

なるほど、石材が黒ずんでいた。それだけの歴史を重ねた証左であり、事実バスティーユの建立は十四世紀の昔に遡《さかのぼ》る。パリは今より一回りから二回りほども小さく、そもそもがセーヌ右岸の東門、サン・タントワーヌ門の守備として築かれた要塞《ようさい》が、バスティーユなのである。

それから幾世紀もの時間が流れた。都市は拡大を続け、新しい城壁が昔の名残《なごり》でフォーブール（城外）と呼ばれる街区まで、すっかり包含するようになった。過去の遺物として、バスティーユが市街地に違和感をなしているのは、そうした経緯からだった。

「考えてみりゃあ、不思議なような気もするぜ」

ダントンは柄でもない感傷的な台詞《せりふ》も回した。ああ、ある意味では貴重だぜ。よくぞ今日まで取り壊されずにきたもんだ。撤去されないまでも、改装くらいは施されて、よさそうなものなのにな。

同じようにセーヌ右岸の西門、サン・トノレ門の守備として築かれたのがルーヴルだが、こちらは改築を繰り返されて、中世の厳めしい要塞から新時代の優雅な宮殿に変貌している。シテ島の王宮コンシエルジュリも中世風の塔を残すが、やはり随所に改築を施されて、今や高等法院が鎮座まします正義の殿堂である。バスティーユだけが昔日の面影を色濃く残し、パリの洗練を台無しにしていたのである。

「わざとじゃないのか」

恐怖の大王であられるわけだからな。優しげに洗練されては、せっかくの強面《こわもて》も台無しになるわけだからな。マラの斜に構えた薄笑いも、意味がとれないではなかった。今も軍管轄の施設だが、その使い道はといえば、長らく政治犯専門の牢獄《ろうごく》とされてきたからだ。バスティーユは恐怖の大王、つまりは圧政の象徴なのだ。

「はん、マラ先生は茶化し専門だな」

ダントンはといえば、今度は取り合わない風だった。なるほど、前世紀の大宰相《さいしょう》リシュリュー枢機卿《すうききょう》などは、ずいぶんバスティーユを気に入って、政変を起こした者、暗殺を企てた者に留《とど》まらず、危険思想を唱えた作家や、宮廷の暴露本を書いた三文文士まで、手あたり次第に投獄したらしかった。が、それも今では伝説か、いくらか真実味あるところでも、入獄体験者の手記が伝える昔話の趣でしかなくなっていた。

無学の徒なら今も畏怖《いふ》を覚えるのかもしれなかったが、少なくとも作家の仲間内では冗談口の種である。どれだけ探しても、同業に入獄体験者などみつからないからだ。

実際のところ、バスティーユの囚人は少なかった。精神障害者二人、文書偽造犯四人、そしてソラージュ伯爵、サド侯爵というような非行貴族二人、いや、小窓から卑猥《ひわい》な言葉を叫んで、パリの風紀を紊乱《びんらん》するとして、サド侯爵が別に移管されたので、目下の服役囚は全部で七人を数えるのみなのである。

「バスティーユなんか、今じゃあ無用の長物でしかねえだろう」

と、ダントンはまとめた。恐ろしげなだけに道化じみている。まるで滑稽《こっけい》だと、ついつい茶化したくなるマラ先生の気持ちは、まあ、わからないでもないがな。

「確かに図体だけは大きいからな」

「ああ、物置の用は足すさ」

と、マラも負けていない。武器弾薬の備蓄には、かえって理想的だという意味である。二百樽《たる》を超える大量の火薬を隠していると、専らの噂《うわさ》にもなっている。それらを全て吐き出させようと、デムーランはバスティーユに来たわけだが、こんな風に出られては、にやにや笑いで茶化してばかりもいられなくなる。ああ、やっぱり無用の長物なんかじゃないよ。

「それどころか、ダントン、こいつは厄介な代物だよ」

厳めしい外観と黒い伝説が、不愉快な圧迫感になっているだけではなかった。バスティーユは実のある要塞として蘇《よみがえ》っていた。

サン・タントワーヌ通りから見上げれば、円柱塔の頂上から黒い影が、ぬっと棘《とげ》のような形で生えている様がわかる。砲身である。みえるだけでも十五門も大砲を配備して、まさに臨戦態勢なのである。

肩を怒らせ、身構えながら、バスティーユは中世の昔に幅を利かせたように、再び四方を睥睨《へいげい》していた。ただ現代においては、敵は外から攻めよせる軍勢ではない。パリの深奥に取りこまれるを幸いとして、脅しつけているのは内なる人民である。大砲の照準が合わせられていたのは、四方の界隈《かいわい》なのである。フォーブール・サン・タントワーヌ街、サン・タントワーヌ街、サン・ジェルヴェ街、ミニム街、ことによると、グレーヴ広場の市政庁までが射程に入っているのかもしれなかった。

——巨大な城に陣取りながら……。

その黒々とした影法師を無言の圧力として、無理にも人民を平伏させる。今まさにバスティーユは、アンシャン・レジームの支配者そのものという体《てい》である。

「だから、マラは暗黒の中世が永らえているといったんじゃないか」

「だったら、カミーユ、やつらの思惑通りに萎縮《いしゅく》して、バスティーユからは尻尾《しっぽ》を巻いて、さっさと逃げ出しちまうかい。いっそ蜂起《ほうき》そのものを取りやめにしちまうかい」

「馬鹿な……。もう中世の昔じゃないんだ。それどころか、時代は前に進もうとしているんだ。こんな風に脅されたくらいのことで……」

「逃げないよな。ああ、カミーユ、それでいいんだ」

ダントンは不敵な笑みで引きとった。同じように笑えない自分に気づいて、デムーランは悔しさに奥歯を噛《か》んだ。なにを恐れている。これまでも僕は戦ってきたじゃないか。いや、怖いのは当たり前として、それを我慢しながら、テュイルリでも、アンヴァリッドでも、断固行動を続けたじゃないか。

――しかし、さすがに要塞となると……。

素人ながらも実戦を経験していればこそ、デムーランは難物と考えないではいられなかった。ああ、臆病《おくびょう》に駆られるわけではない。闘志をなくしたわけでもない。どれだけ困難な相手であろうと、これだけ剣呑《けんのん》なものを看過できるわけがない。

――とはいうものの……。

バスティーユの武装を許されざる挑戦と解釈して、これに憤慨する人間は少なくなかった。デムーランが到着したのが十一時半、すでに人だかりができていた。

「フランスの軍隊のくせして、フランス人に大砲なんか向けやがって、こいつは断じて許すことができねえぞ」

「おおさ、ひっこめてもらわないことには、おちおち昼寝もできやしねえ」

「だから、あいつらに預けておいちゃいけねえんだよ。俺《おれ》たちでバスティーユを占拠しないかぎり、どうやったって安心できたもんじゃないんだよ」

騒いでいたのは、大方が大砲が向けられている近隣街区の人々だった。バスティーユが警戒態勢を敷いたのは、すでに昨日十三日の夜明け前という話だった。

異変を口伝《くちづて》に広めたのがキャバレの親爺《おやじ》連で、この輩《やから》を筆頭に広められたほうの指物《さしもの》師《し》、家具師、帽子職人、錠前師、靴職人、仕立屋というような界隈の気の荒い職人たち、終《しま》いにはパンを求めて地方から流れてくるまま、フォーブール・サン・タントワーヌ街あたりに屯《たむろ》していた失業者までが怒り心頭に発しながら、バスティーユの城門を睨《にら》むところまで詰めよせたというわけである。

サン・タントワーヌ通りを東に進むと、右手にバスティーユの入口がある。要塞の外壁を背負うような格好で、ずらりとアパルトマンが立ち並んでいるが、これはバスティーユ総督が貸し出しているものだった。商売を営んでいる店子《たなこ》も多いが、総督職の副収入として、きちんと家賃を徴収しているからには、往来を規制するわけにもいかない。そこは太平の歴史に油断したというべきか、この厳めしい軍事施設も前庭までは、普段から出入り自由になっていたのだ。

が、そこから先には、覗《のぞ》けば目眩《めまい》に襲われるばかりに深い空堀がある。奥には城門が構えられ、堅牢な石の壁も聳《そび》えている。向こう側の中庭とは、大小二本の跳ね橋で連絡する仕組である。大きいほうは馬車用、小さいほうは単騎の馬もしくは歩行者用ということだが、いずれの跳ね橋も現下は降ろされていない。

7——苛立ち

曇りの天気は変わらなかった。雨雲が空の低いところに滞留して、いっそ降り出してくれればいいのにと思うほど、蒸し蒸ししていた。火をつけてやると叫んで、松明《たいまつ》を振り回すような輩《やから》もいて、実際焚火《たきび》などやっていたので、どんどん温度が上がっていく。——ただいるだけで、汗だくだ。

それが皆の苛々《いらいら》を、まして高じさせていた。前庭も進めるかぎりの、ぎりぎりまで詰めながら、そこで足止めを食わされている群集は激していくばかりなのだ。

松明の輩が勢いあまって、本当に放火に及んだとしても、燃えるのは付属のアパルトマンくらいのものである。なお石造りの要塞《ようさい》は安泰なのだが、それを放置していては再び無政府状態に陥ると、こちらのほうが恐れたのだろう。デムーランが来るより早く、それこそ朝一番で、パリ市常設委員会は自らバスティーユに使者を立てたらしかった。

バスティーユ総督はベルナール・ルネ・ドゥ・ローネイ侯爵という人物だった。親子二代で要塞兼監獄を管理しているという貴族で、これがパリ市から三人の使者を送りこまれると、意外や友好的な態度を示したという。跳ね橋を降ろし、総督官舎に迎え入れ、そのまま話し合いがてらで、昼食までふるまったのだ。

「けれど、パリ市の使者は三人とも、もうバスティーユを出たのでしょう」

と、デムーランは確かめた。騒ぎに掻《か》き消されないよう、ほんの少しの話を通じさせるにも、怒鳴るような声を用いなければならなかった。

人垣に分け入るほど、情報は錯綜《さくそう》するばかりだった。なるほど、これだけの混乱では、うまく伝わるわけがない。これだけの興奮では、正しく伝わるわけがない。

デムーランが聞かされたところでも、パリ市の使者は今も人質に取られてバスティーユにいるだとか、いや、出てきたことは事実だが、なかで話し合われたのは裏切りの算段なのだとか、いちいち唾《つば》を吐き出す勢いで怒鳴られた。

昼食をふるまわれたらしいと告げた者など、こっちは腹を空《す》かせたままなんだ、こんちくしょうめと、かぶっていた帽子を石畳に叩《たた》きつけたほどだ。明らかに冷静な話ではない。だから、正確なところを知りたい。けれど、これは確かな話だよ。

「出てきたとき、その三人から私は直《じか》に話を聞いている」

こちらも声を張り上げて、答えたのは選挙人サンテールだった。バスティーユの人垣に紛れてみると、その麦酒《ビエール》醸造会社を経営する大ブルジョワも現場にいた。パリ市政に参画する立場でありながら、やはり積極的な人物だった。ああ、三人の使者も今頃は市政庁に帰って、常設委員会に報告を寄せているはずだ。

「大砲をひっこめてほしい、火薬を引き渡してほしいと、この二点を要請させたんだが、総督との話し合いも、まずまずの成果があったらしい」

「その、まずまずの成果ってえのは」

ダントンに説明を求められて、サンテールは続けた。ああ、残念ながら、火薬の引き渡しは断られたようなんだ。

「けれど、バスティーユが砲撃しないかぎり、パリ市も攻撃を始めない、パリ市が発砲しないかぎり、バスティーユも武力を発動しないと、そうした約定《やくじょう》だけは交わすことができたんだとか」

「みためほど、自信満々というわけではないのですな、バスティーユも」

まとめてから、ふんとマラは鼻から息を抜いてみせた。なにを馬鹿にしているのか、ちょっと判然としないだけに、不躾《ぶしつけ》な感もないではなかった。が、そこは選挙人同士のつきあいで馴《な》れているのか、サンテールは悪意に取ることもなく受けた。確かに自信はないだろうな。

「これだけの要塞なんだから、そりゃあ多少の人が押しよせたくらいじゃあ、びくともしないよ。が、だからといって、涼しい顔で籠城《ろうじょう》を続けられるかといえば、そうも行かない。バスティーユには食糧の備蓄まではないようだ」

「あるわけがない、この飢饉《ききん》のフランスに」

マラは肩を竦《すく》めてみせた。デムーランは強く頷《うなず》き、さらに話を別に転じた。

「ということは、サンテールさん、バスティーユの守備兵は多いんですか。つまりは大量の食糧を備蓄しなければならないくらいに」

「基本的には廃兵が八十人ほどだ」

「ああ、廃兵ですか」

一線を退いた兵隊で間に合わせて、やはりというか、そこはバスティーユも実戦など想定していない、都心の軍事施設だった。デムーランは身体《からだ》に強気が蘇《よみがえ》るのを感じた。ああ、ああ、そうでしたか。八十人とはいえ、全て廃兵なんですね。

「それなら、敵ではありませんね。いや、もちろん本気で銃を撃たれた日には、これも手強い相手になりますが、そうしない公算が高いというんです。実をいえば、アンヴァリッドの守備隊も廃兵でした。これが蓋《ふた》を開けてみると、人民の味方だったんです。我々が武器を押収するのを、かえって助けてくれたくらいなんです」

「ほお、そうか。ああ、廃兵は問題ではないだろうな。我々のほうでも、なんとかなるとは考えていたんだ。ただ難問は他にあって、バスティーユにはルイ・ドゥ・フリュというスイス人が入ったと、そういう情報が寄せられているんだ」

「スイス人というと」

「もしや傭兵《ようへい》部隊の……」

飛びこんだダントンに、サンテールは頷きを示した。察しの通り、傭兵部隊の将校さ。ほんの三十人ほどの小隊なんだが、バスティーユには現役ばりばりのスイス傭兵も配備されたらしいんだ。

「なるほど、そいつは難問だ。あっさり降伏するとは思えねえ。フランス人に銃を向けるはずがないとも楽観できねえ。場合によっては、戦闘が起こりえる」

「そこなんだ、ダントン君。だから、こちらとしては戦端を開きたくはないわけなんだ」

「我々の不利は明らかだしな。向こうは要塞に守られながら、銃眼の奥から撃ち返せるわけだしな」

「でなくたって、まだ武器探しの段階なんだよ」

デムーランも主張した。武器も行き渡らない状態じゃあ、どうやっても勝ち目の薄い話にしかならないよ。また鼻で笑いながら、マラが受けた。

「それでも負ければ、王の軍隊を勢いづかせることになるわけだ」

「その通りだ。やはり群集の興奮を抑えられるかどうかが鍵《かぎ》だ。ひとたび奔《はし》り出してしまえば、もう止められるとは思えない。が、それでは先の約定に反することになる。バステューユに砲撃を許すことになる」

死傷者も出かねないよ。まとめたサンテールの心配を余所《よそ》に、バスティーユの群集はといえば、いよいよ殺気立つようだった。

例のごとくに人々は、長剣、短剣、さらには釘抜《くぎぬ》き、鉄鎚《かなづち》、火掻き棒、手鋸《てのこ》と、武器になりそうなものを掻き集めて、手に手に振りかざしていた。どうやって確保したのか、ときたまは銃を担《かつ》いでいる者までいて、まさに一触即発の体《てい》である。が、サンテールがいうように、これくらいではバスティーユに勝てないのだ。

「だから、おとなしく武器をよこせ、こんちくしょう」

「いや、いざ足を運んでみたら、なんだい、バスティーユの態度ときたら」

「おおさ、こうなったら、火薬を差し出すくらいのことじゃあ、勘弁してやるもんか」

デムーランに連れられて、アンヴァリッドから流れてきた連中も、大事は武器弾薬の調達ではないかと宥《なだ》めるでなく、もといた連中と一緒になって騒いでいた。これを抑え続けるというのは、確かに至難の業だろう。

デムーランは続けた。それでサンテールさん、今は……。

「サン・ルイ・ラ・キュルテュール街区の選挙人集会が独自に動いている。テュリオ・ドゥ・ラ・ロジエールという弁護士を使者に選んで、今度は降伏勧告を突きつけたらしい」

まず武装解除されたし、次にバスティーユ要塞を明け渡されたし、さらにパリ民兵隊の進駐を受け入れられたしと、ローネイ総督に要求したわけだ。そうやって、サンテールが説明を加えていた最中だった。どこからか声が上がった。

「テュリオが戻ったぞ。テュリオが戻ったぞ」

分厚い人だかりのせいで、目は容易に届かなかった。が、じゃらじゃら鎖が鳴る音は聞こえて、上げられて城門に戻る跳ね橋の動きだけは確かめられた。なかからテュリオが出てきたのは、それとして間違いない。

デムーランは呼びかけた。いってみましょう。サンテール、ダントン、マラと、三人とも頷いた。が、テュリオの報告は誰もが聞きたい。人垣に阻まれて、思うように進めない。

「デムーランさんだ。デムーランさんのお通りだ」

パレ・ロワイヤルの英雄が通るんだ、おまえら、道を開けないか。そうやって力ずくにも人々を押し分けたのは、あの退役軍人だった。そうでございますよ、そうでございますよ、パリの指導者を通さないで、ぜんたい誰を通せというんですか。ラグノオがあとに続けば、ドミニコ会士も出てこないはずがない。

「神を畏《おそ》れよ、神を畏れよ」

的を射ているとは思われないながら、とにもかくにも聖職者特有のはったりは効果があった。モーゼを迎えて左右に分かれた海よろしく、今回も人垣が開けていく。

「あれがデムーランさんか」

「一緒にサンテールさんもいるぜ」

「おお、やっぱりバスティーユで、なにか始められるようだな」

四人は人々の囁《ささや》きを聞きながら、空堀際のアパルトマンは下階が香水屋になっていたのかと、それくらいを目で確かめられる位置まで、なんとか歩を進めることができた。

やはり時間がかかったので、テュリオの報告も最初のほうは聞き逃した。すでに群集は歓呼の声を上げていたが、その意味もわからなかった。ただ誰もが上を向いていた。促されて、自分も天を仰いでから、デムーランは気がついた。

――大砲がひっこめられた。

デムーランは目を瞬《またた》かせた。円柱塔の頂に覗《のぞ》いていた、黒々とした砲身がみえなくなっていた。ひとつ、ふたつ、ああ、みえるところは全てだ。バスティーユは要求に応じたというのか。ローネイ総督は武装を解き、自ら要塞を明け渡し、民兵隊の進駐を許すというのか。つまりはパリ市に促されるまま、あっさり降伏してしまうというのか。

「やった、やった、俺たちの勝ちだ」

群集は小躍りする喜び方だった。が、それを叱《しか》りつけるような勢いで、がんがん鍋底《なべぞこ》が打ち鳴らされた。武装解除だけだ。バスティーユは武装解除に応じただけだ。そうやって釘を刺したのは、サン・ルイ・ラ・キュルテュール街区の仲間のようだった。

「テュリオの話を聞け。おまえたち、まずは落ち着いて、テュリオの話を聞け」

舌打ちが続いていた。はん、糠喜《ぬかよろこ》びかと、マラなど早々に扱《こ》き下ろした。話など聞く気になれない気持ちは、デムーランもわからないではなかった。

偉いさんのほうで、なにやら朝から交渉を続けているようだが、それが目にみえる形になるわけではない。といって、話し合いの内容が下々にまで、詳しく知らされるわけではない。もとより、嚙《か》み砕かなければわからないような、こみいった話なら聞きたくもない。勝ちか、負けか、知りたいのは、それだけだ。白か、黒か、はっきりしないのであれば、この蒸し暑さなのだ。

――苛々が高じるばかりだ。

いくらか静かになったときに、テュリオと思われる男がみえた。椅子《いす》か、机か、それとも空の酒樽《さかだる》か、いずれにせよ運びこまれて、一段高くなっているところに立っていた。さすがは単身バスティーユに乗りこんだだけのことはあると思わせる、みるからに不敵な面構えの男だった。

テュリオは警告の言葉で再開した。ああ、安心するのは早い。まだ武装解除と声を大きくすることすらできないのだ。塔の大砲ばかりは下げられたという、それだけの話なのだ。

「私はみてきた。バスティーユは要塞内に、別に大砲を三門も用意している。また兵士も皆が銃を担いでいた。弾丸も、火薬も、たっぷり蓄えてあった。塔の大砲は下げられたとはいえ、頭上の危険がなくなったわけでもない。頂の物見櫓《ものみやぐら》には敷石、砲丸、屑鉄《くずてつ》と、いざとなれば我々の頭に投げ落とせるものが、そうさなあ、おおよそ荷車六台分はあったろうか、とにかく大量に運び上げられていた」

やっぱり、一戦まじえようって腹じゃねえか。ふざけるな。バスティーユがそのつもりなら、おおさ、やってやろうじゃないか。いきなり沸騰する群集に、今度はテュリオが慌てる番だった。まて、まて、みんな、ちょっと待ってくれ。

「早合点はいかん。そうはいっても、バスティーユとて徒《いたずら》に事を荒だてるつもりはないのだ。とにかく塔の大砲は下げたのだから、それをローネイ総督の誠意と解釈しようではないか」

「うるさい、テュリオ、あんた、バスティーユを降参させにいったんじゃないのかよ」

「それは、そうだ。けれど……」

「向こうは断ってきたんだろう。だから、跳ね橋を上げたままなんだろう」

「そんな単純な話ではないのだ。武装解除、要塞の引き渡し、民兵の進駐と、こちらの要求は全て確かに伝えてきた。すると、自分の一存では決められない、ヴェルサイユに問い合わせると、それがローネイ総督の返事だったのだ」

話としては確かに一歩前進していた。が、ほんの上辺の言葉だけだ、話というが、それも作り話にすぎないに決まっていると、まだ冷静であるつもりのデムーランにして、多くを期待する気にはなれなかった。これが初めてではなかったからだ。ああ、アンシャン・レジームの輩というのは誰も彼もが、どうして、すぐばれるような嘘《うそ》をつくのか。

もちろん群集の間には、バスティーユ総督の誠意などに打たれて、あっさり納得してしまう空気は皆無である。ああ、もう騙《だま》されるもんか。アンヴァリッドでも、そうだった。ヴェルサイユに伺いを立てるだなんて、時間稼ぎの逃げ口上でしかなかった。

「結局は降参しないってことなんだ」

「おおさ、なにが誠意だ。そんなもの、信じるほうが馬鹿がつくほどの御《お》ひとよしさ」

「いうまでもねえ。なんたって、まだバスティーユじゃあ、兵隊が銃を構えてんだからな。ものを落として、俺たちの頭を叩き割るつもりなんだからな。塔の大砲だって、いつまた前に出てくるか、とんと知れたもんじゃねえや」

「と、とにかく、私は急ぎ市政庁に報告しなければならない」

おって常設委員会より指示があることと思う。そのときまで諸君には理性的な行動を期待したい。いいおいて、テュリオは壇を下りた。ほとんど逃げるようだった。

8——走れ

結果をいえば、テュリオ報告は群集を焚《た》きつけただけだった。それが証拠に、聞こえてくるのは激した台詞《せりふ》ばかりだ。ああ、やっぱり突入するしかねえ。一か八《ばち》かで、ひとつ仕掛けてみるしかねえ。おおさ、話し合いなんか、時間の無駄になるだけなんだ。

「そろそろ限界ですよ」

デムーランが呻《うめ》くと、サンテールも苦いものを嚙《か》むような表情だった。懐中時計を覗《のぞ》きながら、いざ口を開いても唾《つば》を吐き捨てるかの調子だった。

「実力行使に踏み切るのは、依然として得策ではない。やはり穏便に済ませて、バスティーユに大量に備蓄してあるという火薬だけでも、なんとかして吐き出させたい。そのために交渉に力を入れるとして、なんだ、なんだ、そろそろ一時になるんじゃないか」

「どういう意味です、サンテールさん」

「市政庁からの返事が遅いという意味だよ」

サンテールは苦々しげに言葉を重ねた。ああ、テュリオは報告に向かったばかりとして、最初の三人の使者のほうは、とっくに市政庁に到着しているはずなのだ。ぐずぐず会議を長引かせている場合ではないと、それくらい常設委員会でも承知しているはずなのだ。交渉なら交渉で構わない。ただ急がなければならない。バスティーユが譲歩の素ぶりをみせているからには、今こそと矢継ぎ早に使者を送って、交渉を重ねなければならないのだ。

「大体が民兵隊は、どうした。なぜバスティーユに送りこまない。いれば、要塞《ようさい》に圧力をかけることができる。同時に先走りかねない群集の抑えにもなる。今こそ民兵隊の出番ではないか」

「民兵たちなら、アンヴァリッドで押収した武器を、グレーヴ広場で配られていました。が、最後までは見届けずにバスティーユに急いだので、それからのことは僕も……」

「はん、カミーユ、そんなの、決まりきった話じゃないかね」

「マラ、決まりきった話というのは」

「私が思うに、民兵隊は各街区に送られたのさ。バリケードに陣取りながら、ブザンヴァルの進軍に備えるという名目でな」

「バスティーユばかりに、かかずらってはいられないと、そういった理屈かよ」

ダントンが確かめると、マラのほうは薄笑いで、ゆっくり首をふってみせた。市政庁が唱えるのは、ひたすらにパリに平和を取り戻せ、秩序を乱してはならない、なのさ。バスティーユとか、アンヴァリッドとか、そういう話は問題にもなりやしない。つまるところ、ひとつも悶着《もんちゃく》は起こしてくれるなと、それが常設委員会の願いなわけさ。

「委員会じゃない。フレッセルの奴《やつ》だ」

そう名前を出したとき、サンテールは本当に唾を吐いた。ことなかれ主義の商人頭め。馴染《なじみ》の参事だけ引き連れると、今朝から市政庁も奥のサン・ジャン大広間に籠《こも》りきりなんだ。なにも聞きたくない、なにも報告してくれるなと扉を閉ざして、ああ、マラ氏がいう通り、秩序を保て、平和を取り戻せの一点張りなんだ、あの男は。

「だから、なにも決まらない」

左の掌《てのひら》に右の拳《こぶし》を打ちつけてから、サンテールは自社の従業員と思《おぼ》しき男に命令した。おまえ、グレーヴ広場に行ってこい。市政庁を急《せ》かしてこい。ぐずぐずしているようなら、こっちで勝手に始めてしまうからなと、ああ、実力行使だって辞さないからなと、そうやって大袈裟《おおげさ》なくらいの脅しをかけてこい。

「しかし、社長」

「うるさい。いいから、おまえはいわれたことを……」

「わかってます、わかってます。ええ、手前は今すぐ走り出しますが、その前にあれをみていただきたいと……」

従業員が指さしたのは、バスティーユの城門だった。堀際に並ぶアパルトマンも、跳ね橋に最も近いところが香水屋なわけだが、その屋根に二人の男が上っていた。

なにか演説でも打《ぶ》つつもりなのかとみていると、さらに衛兵所の屋根に移り、そこで一人が、ぶらんぶらんと大きく両手を前後させた。たっぷりの反動をつけて跳んだ先が、城門から伸びて、高いところで堀の位置まで突き出している、二本の材木の一方だった。なんとか手でぶらさがり、もがくような動きで攀《よ》じ登ったそれは、鎖を通して跳ね橋を上げ下げするための装置だった。

「なんとも身軽なもんだなあ」

「そりゃ、そうさ。ありゃあ、マルセル親方のところの若衆だろう」

「マルセル親方てえと、大工の。なるほど、高い足場は十八番というわけか」

そう話す声が聞こえてきた。なるほど、身軽だ。なるほど、馴れている。

もう一人のほうは、やはり衛兵所の屋根から、今度は上げられたままの橋のほうに跳んでいた。はしっこの横木に両手をかけると、こちらは足をバタつかせる反動を利用しながら、横に伝うような移動を続けて、反対側の上げ下げ装置にまで達してしまう。

「いいかい、アベル」

「おおよ、相棒」

二人ながら材木に腰かけると、その高いところから群集に披露したのが、密《ひそ》かに背に担いでいた得物《えもの》だった。デムーランも目を凝らした。いや、あれは武器ではない。武器に使えないことはないが、本来は大工仕事に使う手斧《ておの》だ。

「みてろよ、みんな」

そうやって注目を促すと、かんかんと甲高い音をたてて、鉄輪《かなわ》に斧を打ちつけ始めた。直後に、じゃらんと大きな音がした。じゃらん、じゃらんと音が続いて、城門の奥では長い鎖が波打っているようだった。

――まさか。

デムーランが息を呑《の》んだときだった。だんと斧が材木に刃を立てる音が届いた。叩《たた》かれ続けた鎖の鉄輪が、ついに砕けたということだ。

事実、もう直後には跳ね橋を引き上げていた鎖が、じゃらじゃら音を連ねながら、踊るような動きで要塞のなかに逃げていった。応じて別れを告げるように壁際を離れると、呪縛《じゅばく》を解かれた橋は当然こちら側に倒れてくる。

衝撃に地面が揺れた。もうもうと砂煙が立ち上り、デムーランはすぐには出来事を確かめることができなかった。ゆらゆらと揺れながら、砂塵《さじん》が前庭に沈んでいく。ようやく開けた視界に一番に飛びこんだのは、赤黒い血溜《ちだ》まりが広がりゆく様だった。

誰か堀の際まで進んでいた者がいたのだろう。突然に降りてきた跳ね橋を避《よ》けきれず、あえなく下敷きになったのだろう。痛々しいが、恐らくは何も感じなかった即死である。

あたりを静寂が支配した。人民が流した血が、皆に沈黙を強いていた。が、直後には誰もが気がついた。

ぽっかり穴が開いていた。跳ね橋が下まで降りて、城門のトンネルが開放されていた。群集は誰ひとりとして目を逸《そ》らさず、それまで城壁に閉ざされていた内部の景色を、食い入るような勢いで凝視していた。

――もう誰にも止められない。

と、デムーランは直感した。そこに人々は殺到する。バスティーユに乗りこもうとする。仲間の血が流れたならば、なおのこと、その屍《しかばね》を踏み越えていかなければならないからである。

――が、そのとき、交渉はどうなる。

約定《やくじよう》はどうなる。なにより、中庭に突入して、どうする。勝てるのか。いや、それ以前に、なにかできることがあるのか。諸々《もろもろ》の問いが頭をよぎらないではなかった。なのにもう一方では我ながら解《げ》せないくらいに迷いがなかった。

小賢《こざか》しい善後策など、ふっとんでいた。なにをすればよいのかなど、行けば自然とわかるはずだと、かわりに大胆な閃《ひらめ》きが訪れた。あるいは不意にもたらされたのは、一種の啓示だったかもしれない。ああ、目の前に道が開けた。それは神の御導《おみちび》きに違いない。

――それも僕だけの錯覚ではない。

デムーラン、マラ、ダントン、それにサンテールと、そのとき四人は互いに顔を見合わせた。全員が直前まで実力行使に否定的だった。にもかかわらず、直後には互いの意を確かめるように、頷《うなず》きまで交わしたのだ。

「だから、走れ」

道を信じて、ひた走れ。拳を突き上げ、デムーランは大きく叫んだ。

静寂から一転、ぞくぞく背筋を寒からしめるくらいの怒号が空気の塊《かたまり》となって立ち上がり、びりびり周囲のアパルトマンさえ震わせた。ぶわと火炎が渦巻くようにも感じられたのは、行き場なく前庭に鬱積《うっせき》しているばかりだった熱情が、ついに捌《は》け口をみつけたあげくに、一陣の熱風として噴き出そうとする気配だったに違いない。

——あるいは僕の奥底に再び火が宿ったのか。

実際、火の粉が弾《はじ》けていた。ちかちか舞い飛ぶ小さな赤点を構わず頬《ほお》で押しやりながら、デムーランも走り出した。ああ、もはや決然と行動するべきときなのだ。何万語と並べたところで、言葉遊びで事態は解決できやしない。それが馬鹿でも、勝ち目のない博打《ばくち》でも、こうなったらやるしかない。なにより僕はフレッセルでなく、ローネイでなく、また連中のようになりたいとも思っていないのだから。

「いけぇ、いけぇ、バスティーユに突入するんだ」

9——突入

ばたばた木板が鳴る音が絶えなかった。降ろされたのは大きいほうだったとはいえ、所詮《しょせん》は馬車一台分の幅しかない跳ね橋に、千を超えようとする群集が一時に殺到したのだ。

混み合い、押し合い、あるいは躓《つまず》き、また転び、それでも表情を曇らせる者はなかった。かえって喜色さえ浮かべていた。自らの手で運命を拓《ひら》くことができるからだ。ああ、そうだ。人間は命令されるがままではいられないのだ。それが愚かであったとしても、自分の意志で行動せずにはいられないのだ。

中庭も東南の際を舐《な》めるようなL字には、三階建のアパルトマンが続いていた。一般に貸し出される建物ではなく、バスティーユ総督官舎ということだった。一番に飛びこんでみたが、向こうは突入される事態も予想していたということか、すでに受付事務室から、執務室、居室、兵営、廏《うまや》、物置にいたるまで、すっかり蛻《もぬけ》の殻になっていた。

なるほど、まだ要塞の本体ではない。中庭も北に向かうと、その幅が窄《すぼ》まり、なお東側には建物が続いているので、通路のような趣になる。そこを進んだ先が再び空堀で遮断されているのだ。

八基の塔を連ねるバスティーユの本丸は、その奥に聳《そび》えていた。空堀を隔てて通路に正対しているのが要塞《ようさい》の南棟で、幕壁の中央に左右の円柱塔に守られるようにして、いかにも堅牢《けんろう》そうな城門が鎮座していた。やはり連絡は跳ね橋で行われる仕組だったが、当然ながら上げられて、自由な往来を許していない。この防衛線を再び突破しないことには、本丸には指ひとつ触れられない。

「あそこが焦点になりますかねえ」

総督官舎に飛びこむまま、遠見していた窓辺から指さしたのは、義足の退役軍人だった。誰の目にも明らかであるらしく、群集も一部は北向き通路を抜けて、すでに本丸城門のほうに駆けこんでいた。ああ、迷わず走るべきだったかもしれない。寄り道してしまったせいか、しばしデムーランは唸《うな》らざるをえなかった。

「あれを突破するとなると……」

「難しい話です。大砲でもあれば別ですが」

「大砲か。市政庁は民兵隊すら出してくれない有様だからな」

「とりあえず、陣地は必要でしょうなあ」

「バリケードだな」

退役軍人の頷《うなず》きを確認すると、デムーランは駆け出した。そうだ。とりあえずはバリケードだ。道がみえたら、即行動あるのみなのだ。

駆け足で階段を下りていくと、途中で焦げ臭さが鼻に届いた。なにか燃えている。そういえば、松明《たいまつ》を振り回していた輩《やから》がいた。感情が激するあまり、火をつけてしまったということか。

「燃やすな、燃やすな」

前後左右もないような混乱に投げかけて、デムーランは声を張り上げた。

「全て表に運び出して、本丸前にバリケードを築くんだ」

命令など聞かず聞こえず、それぞれ勝手に動いているようでありながら、それでも官舎に用なしだとは悟ったのだろう。建物に闖入《ちんにゅう》した人々も続々と表に戻り、少なからずが手に手に、なにものかは持ち出していた。

あるいは単なる家探しだったかもしれず、実際にマラなどは短銃があったよなどと、草木模様の彫刻が入れられた逸品をみせにきたが、だから略奪など後回しにしろというのだ。

「家具だ、家具だ」

デムーランは中庭で、同じ指示を繰り返した。ああ、家具なら、なんでもいい。机でも、椅子《いす》でも、寝台でも、酒樽《さかだる》でも、秣桶《まぐさおけ》でも構わない。とにかく嵩張《かさば》るようなものを、手分けして持ち出してほしい。

「急ぎバリケードを築くんだ。戦闘が始まるかもしれないんだ。ローネイ総督が降伏に応じないときは、すぐにも……」

そこまで続けたときだった。デムーランは襟をつかまれ、物凄《ものすご》い力で後ろに引き抜かれた。あえなく尻餅《しりもち》をついてから見上げると、高いところから見下ろしていたのはダントンだった。

「いきなり、なに……」

文句もいえずに声を呑《の》んだのは、パンと短く銃声が聞こえてきたからだった。ほとんど同時に、中庭に敷き詰められている石畳が、がちと重たい音で鳴いた。

ダントンは告げた。

「カミーユ、おまえ、狙《ねら》われていたぞ」

一緒に顎《あご》を振られて、デムーランは彼方《かなた》を見上げた。どこの銃眼から狙われたのかは知れないが、そこにバスティーユ要塞の円柱塔が聳えていることは間違いなかった。ああ、そうだった。中庭を狙うならば、あそこほど都合がよい銃座もない。

硝煙の臭《にお》いに鼻孔を刺激され、デムーランは一度ぶるると身震いした。銃声が連続していた。どちらが先に発砲したのか、それは判然としないながら、先の約定《やくじょう》が破れたことだけは、すでにして瞭然《りょうぜん》の事態だった。

デムーランは頬《ほお》の傷を撫《な》でた。テュイルリでの戦闘で、弾丸が掠《かす》めてすぎた痕《あと》は、もう瘡蓋《かさぶた》になっていた。ああ、こんなものだ。銃撃など怖くはない。というより、怖がりさえしなければ、鉄砲など決して当たらないものなのだ。

乱暴な決めつけを自らに言い聞かせると、デムーランは立ち上がった。

「ダントン、家具の運び出しだけど、君に指図を頼めるかい」

ダントンは頷いた。が、家具なんか運び出してどうするんだ。

「城門前にバリケードを築くんだ」

「そうか。ああ、わかった。任せておけ。俺《おれ》のほうが目立つし、この身体《からだ》に響かせて声も通る。それでも聞かない奴《やっ》がいたら、腕ずくで従わせるまでだ」

「そうか、ありがとう」

「あ、ああ、あたくしは、なにをすれば」

震えがちな声は、パレ・ロワイヤル門前の菓子屋だった。ああ、とデムーランは閃《ひらめ》いた。ああ、そうか、ラグノオ、あんたの婿さんは兵隊だったんだな。

「フランス衛兵隊を探してきてくれないか」

「バスティーユから離れて、でございますか」

「そうだ。無念かもしれないが、これも勝利のためなんだ」

「無念だなんて、とんでもありません。ええ、探してきます。ええ、呼んできます」

ええ、やっぱり餅は餅屋でございますものね。そうやって嬉々《きき》として踵《きびす》を返す、馴染《なじみ》の菓子屋の後ろ姿に、デムーランは念を押すことも忘れなかった。是非にも大砲を引いてきてくれと、そうも必ず伝えてくれ。

「さて、ダントン、僕は先に行ってるよ」

こちらの大男は再び頷いた。ああ、向こうで、まってろ。なるだけ早く材料を運んでやる。

「だから、カミーユ、それまでは撃たれるなよ」

「わかった。じゃあ……」

「ああ、デムーランさん、お待ちください」

引き止めたのは、これだけの騒ぎのなかでも臭う例の修道士だった。手ぶりながらに唱えたことには、「オー・クルクス・アヴェ・スペス・ウニカ（ああ、十字架、ただひとつの希望）」と。

「さあ、参りましょう」

デムーランは今度こそ走り出した。

無数の足音が重なっていた。叩《たた》かれ続けて、さすがの頑丈な石畳も靴裏で細かく揺れた。銃弾降るなか、一緒に通路を駆け抜ける男たちは少なくなかった。

足元の敷き石は、流れ弾に破片となって飛びもした。これが脛《すね》に当たると、けっこうな痛みが走る。それでも弾丸そのものにやられるよりは、百倍も幸運なのだ。

ひゅんと鋭く風が鳴ってから、ようやく届く遅れた銃声に紛れながら、くぐもるような音も耳についていた。

数人が脱いだ上着を、ぐるぐる頭上で振り回していた。誰が思いついたのか、恐らくは飛んでくる弾丸を、布の柔らかさで絡めてしまおうというのだろう。

どこまで効果があるのか覚束《おぼつか》ないながら、それをデムーランも真似《まね》た。いくらか安心感が生まれて、怒号でしかなかった会話も聞きとれるようになった。

「あいつら、とうとう撃ちやがった、許せねえ」

「おおさ、跳ね橋を降ろしたのは、こういうわけだったんだ。俺たちを中庭に誘《おび》き入れて、上から狙い撃ちにしようって腹だったんだ」

「はん、陰謀好きの貴族がやりそうなことさ」

人垣も後ろのほうでは、そういう話になっているらしかった。大工の徒弟二人の軽業も、みえないでいたのだろう。前のほうが走り出したので、自分たちも動いたというだけなのだろう。発砲もバスティーユが先とは確証ない話なのだが、中庭に突入したときには、すでに頭上に弾丸が走っていたのだから、誤解も責められるものではなかった。

──また正してやる理由もない。

誤解が怒りを増幅させ、それで恐怖を忘れられたとするならば、どうして正気に戻してやらなければならないのか。デムーランは小さな笑みさえ浮かべたが、現実として死地に踏みこんでいることに変わりはなかった。

10――バリケード

銃声が、どんどん短くなっていた。音が尾を引いて流れる間もない至近距離の銃撃は、こうだ。まっすぐに飛んできて、失速する時間もないのだ。

――上着を振るくらいでは、身を守れるはずもない。

意気さかんだった怒号に、一瞬の悲鳴と呻《うめ》き声が混じり始めた。疾駆からの脱落者も少なくない。命まで落としたわけではないとしても、どこか身体の一部でも撃ち抜かれれば、その苦痛で蹲《うずくま》らないわけにはいかないのだ。

「だから、バリケードだ。急ぎバリケードを築くんだ」

本丸城門を見据える空堀の際まで駆けこむや、デムーランは大きく叫んだ。身を潜める場所が必要なんだ。でなければ、狙《ねら》い撃ちにされるだけなんだ。

「死にたくなければ……」

そこで言葉を呑《の》んだのは、不意の殺気に襲われたからだった。足元が振動して、なにかが地面で炸裂《さくれつ》した。細かな破片に襲われて、その痛みにデムーランも顔を歪《ゆが》めなければならなかった。

負けじと目を開け、大急ぎで周囲を探ると、バスティーユの塔の頂上に、なにやら蠢《うごめ》いている影がみえた。なにかを高く翳《かざ》しながら、こちらに投げ落とそうとしているようでもあった。そうか、テュリオが報告していた、荷車六台分も運び上げられたという瓦礫《がれき》だ。

「上だ。上だ」

と、デムーランは叫ぶ言葉を改めた。銃を持っている者は要塞《ようさい》の上を撃て。なければ、石でも、なんでも、投げつけろ。バスティーユの動きを止めるんだ。瓦礫など落とさせるな。ましてや、また大砲を引き出されたら、もう一巻の終わりになる。

「ああ、援護だ。向こうのアパルトマンに移動して、上階から撃ちかけてもいい。とにかく、バスティーユの敵を牽制《けんせい》して、陣地造りを援護するんだ」

釘抜《くぎぬ》きを持ってきた者、鶴嘴《つるはし》を担いできた者は急ぎ石畳を剝《は》がして、できるだけ高く積め。官舎のほうからも、じきに家具が運びこまれる。バリケードができるまで、とにかく休まず働いてくれ。そうして声を張り上げている最中にも、背後からは幾重もの足音が、物々しい気配となって近づいてきた。

「うおお、おおう」

雄叫《おたけ》びを上げながら、やってきたのはダントンだった。それも弾よけのつもりか、頭上高くに八人は並べそうな大卓を持ち上げながら、なお小走りの朋友《ほうゆう》は前線に駆けつけてきたのだ。

「おおう、があ」

声もろともに投げ落とされると、それだけで多少はバリケードらしくなった。ダントンと同じにはいかず、一度に運べる量は少ないながら、椅子《いす》だの、机だの、同じように頭上に家具を翳しながら、他にも続々と駆けこんでくる。

剝がされた石材に家具が山と積まれ始めた。がらがら車輪を鳴らしながら、さらに馬車まで押し上げられれば、いよいよ立派なバリケードである。身を伏せられる物陰ができてから、ようよう前線に出てくると、そこから構えてマラなども、自慢していた略奪品の短銃をパンと敵陣に撃ち放した。

バスティーユの二塔に対面させながら、こちらも左右二ヶ所に陣地を仕立て、場当たり的な突入で火蓋《ひぶた》を切られた戦闘も、それなり形がついたような印象だった。

――いけるか。

と、デムーランは自問した。このままの勢いで押しきれるか。

あながち悲観したものではなかった。いくらか落ち着きを取り戻してみれば、わかる。バスティーユの迎撃はといえば、最初の銃声で恐れたほどの勢いはなかった。それどころか、不意に静かになったと思うや、すっかり攻撃が手控えられて、こちらを当惑させるほどだった。

かわりに怒声のやりとりが洩《も》れ聞こえる。

「とにかく、おまえたちは命令に従えばよいのだ」

「できるわけがありませんよ。フランス人にフランス人は殺せません。ですから、総督閣下の御命令で、スイスの連中にも……」

「うるさい、うるさい。いいから、黙れ、この腰抜けどもが」

八十人を数えるという廃兵は、やはり戦意に乏しいようだった。本気で応戦に乗り出しているのは、スイス人の傭兵《ようへい》部隊、わずかに三十人ほどなのだ。

もちろん、こちらは士気が高く、それゆえに戦闘は続いた。短い銃声を伴いながら、ひゅんひゅんと銃弾が風を切る気配も絶えなかった。人民の側からの射撃だ。

どうやって手に入れたものか、いざ戦闘に突入すれば、人々は驚くほどの数の銃を持参していた。ざっと見渡したところでも、恐らく百丁は下らないだろう。全体が千を超える群集だけに、ほんの一握りにしかみえなかったが、なに、戦えないわけではない。なんとなれば、あちらのバスティーユも褒められた態勢ではなかったのだ。事実上は、ほんの三十人でしかないというのだ。

——ああ、いけるかもしれない。

銃がなければないで、その無念まで籠《こ》めた勢いで、びゅんびゅん石も投げつけられる。比べ物にならないといえば、こちらは総じて士気も高い。そもそもが、こんな死地まで足を踏み入れたというのも、誰に強いられたわけでなく、自ら戦意に駆り立てられての話なのだ。

――いや、それだけでは駄目だ。

デムーランの耳に痛いくらいの悲鳴が届いた。すぐ間近だ。石を投げていて、撃たれた。白の僧衣は汚らしく黄ばんでなお、みるみる広がる血の滲《し》みを鮮烈な赤にしていた。どまんなかの命中で、胴体に穴を開けられたのは、例の修道士だった。

「怪我人《けがにん》だ。怪我人だ」

デムーランは叫んだ。誰か、誰か、たすけてくれ。ああ、ひどい血だ。どんどん、どんどん噴き出して。

飛んできたのはマラだった。こいつも略奪品だ。たぶん軍医のものだろう。いいながら開けたのが、大きな黒革の鞄《かばん》だった。医術の七つ道具ということか。ああ、そういえば、この猫背の男は本業が医者だったのだ。

ほっと胸を撫《な》で下ろすも束の間、マラは珍しくも神妙な顔つきで、ゆっくりと首をふった。

「息をひきとった。手遅れだった」

「まだ……、まだ名前も聞いていなかったのに……」

犠牲は修道士だけでは済まなかった。バスティーユからの銃撃が単発になっていた。銃声を重ねることなく、右でタンと響けば、しばらくは静かになり、また左でタンと響けば、また静かになると、そういう撃ち方に変わったのだ。

「狙い撃ちですぜ」

告げてきたのは、退役軍人だった。ええ、向こうは要塞に守られてるんです。安全な銃眼の奥に構えて、じっくりじっくり狙撃《そげき》の照準を合わせることができるんです。

「しかし、たった三十人なんだぞ」

「要塞に籠《こも》る三十人でさ」

「こっちはバリケードを築いたんだぞ」

「にしても、テュイルリのときとは立場が反対になってるんです。高いところを占めているのは、今度は敵さんのほうなんで。バリケードが無駄だとはいいませんが、それもバスティーユの狙撃兵からすれば、いくらか邪魔になるという程度のものです」

「…………」

「バスティーユには弾薬も、たっぷりあります。ええ、ええ、千人だろうと、二千人だろうと、一人ずつ始末していけばいいんです」

今度は、こちらが静けさに捕われる番だった。せっかく築いた陣地も安泰ではない。

そのことを犠牲者の数で思い知らされれば、中庭に駆けこんだときの気勢も、急速に萎《な》えざるをえない。

なお胸に闘志を燃やすとしても、派手に拳《こぶし》を突き上げて、怒りを吠《ほ》えれば吠えるほど、格好の的として狙い撃たれてしまうのだ。歯噛《はが》みしながら、それでも低く、いっそう低くと、物陰に蹲るほうが先になるのだ。

「だから、急げ。おまえたち、急ぐんだ」

逃げ隠れする素ぶりもない豪胆な声の調子に、デムーランはハッとした。前線に近づいてくるのは、今度は馬の蹄《ひづめ》の音だった。がらがらと喧《やかま》しく、一緒に車輪の音も聞こえる。

馬車が、それも三台だった。不穏な気配を感じてか、馬は嫌々をするように、太い首を右に左に暴れさせていた。馬銜《はみ》を引いて、それを騙《だま》し騙しに進めながら、ようやく戦闘を窺《うかが》える位置まで来たという感じだった。しかし、社長、これ以上は進めません。いよいよ馬が居座りを決めちまって。

「だったら、馬車から外してしまえ。ここからは人の手で押していく」

「サンテールさん」

と、デムーランは名前を呼んだ。そういえば、中庭に突入してからみかけなかった。無理にも動員が、大ブルジョワながらの積極派が、簡単に戦意を失うはずはなかった。

しようとして、臆病《おくびよう》な馬なり、はたまた従業員なりに、手を焼いていただけなのだ。

「サンテールさんの馬車を援護だ」

とりあえず、デムーランは指示を出した。再び連なり始めた銃声を確かめるや、自分はバリケードを飛び出して駆けつけた。サンテールさん、馬車なんか、どうしようというのです。いくら積み上げても、敵の銃撃は思うようには阻めませんよ。

「違う、違う。こいつを官舎の厩《うまや》でみつけたんだよ」

サンテールは打ち明けながら、なぜだか鼻を摘《つま》んでいた。確かに鼻を突いてくる臭気はあった。

「敷《し》き藁《わら》さ。獣の糞尿《ふんにょう》ごと、馬車の荷台に満載してきたんだ」

サンテールは従業員に命令を続けた。そろそろ火をつけろ。ああ、そうだ。松明《たいまつ》を放りこめ。あとは勝手に燃えてくれる。

「つまりは煙幕に使うんだよ。悪臭ふんぷんたる煙を立ち上らせて、バスティーユの目を眩《くら》ませてやろうって作戦さ」

「ああ、それで狙い撃ちはなくなりますね」

みんな、手を貸してくれ。加勢を募《つの》ると、いよいよ藁が炎を立てるという機を捕えて、デムーランは一気に馬車を押し出した。

なにごとかと目を丸くしたのだろう。さすがに慌てた様子の連射で、バスティーユも銃弾を雨と降らせた。とはいえ、その銃声も三台を中央と左右それぞれのバリケードの前にまで出してやると、徐々に引けていくしかなかった。

かわりに咳《せ》きこむ気配があった。煙くて、煙くて、照準を合わせるどころではないのだろう。合わせようにも、もうもうたる煙に目を塞《ふさ》がれて、標的を確かめられないのだろう。作戦は当たりだ。もう狙い撃たれる心配はなくなった。

11——総決起

とりあえず、五分に戻した。ふうと大きく息をついて、デムーランは額の汗を袖《そで》で拭《ふ》いた。

——あつい。

しばし忘れていたが、やはり蒸し蒸しして、あつい。もうもうたる煙を吐き出し続ける敷《し》き藁《わら》も、その炎で熱風を巻き起こし、今こそ決戦という温度を高めるのに一役も二役も買っていた。

銃撃戦は続いていた。向こうが撃てば、こちらも返しと、短い銃声のやりとりだけは、飽かず繰り返されていた。が、もう悲鳴は滅多なことでは上がらなかった。

——こちらからも、向こうからも……。

形勢は五分というだけに、双方とも決め手に欠ける感は否めなかった。いや、やはり人民の不利は明らかだとも、デムーランは考えざるをえなかった。バスティーユのほうには、決める必要がないからだ。現状維持で、このまま籠城《ろうじょう》を続けていればよいのだ。

――反対に僕らはといえば……。

さらに前進しなければならなかった。空堀を越えて、要塞《ようさい》本丸に突入し、バスティーユを完全占拠しなければ、パリが砲撃に曝《さら》される危険は去らず、また大量に備蓄されているという火薬も手に入れられない。

そのためには中庭に突入したときと同じように、城門の跳ね橋を降ろさなければならなかった。また鎖を叩《たた》き切るしかないとして、それは可能か。

デムーランは、やはり明るさを見出《みいだ》せなかった。城壁から伸びている装置に登れないわけではない。バリケードから進み出ても、煙幕に隠れることができるだろうし、アパルトマンの上階から跳び移るという手もないではない。が、鎖を叩き切る音は、どうやっても聞かれないではいられないのだ。前回は警戒の人員もないところを、不意打ちした格好だったからこそ、たまたま成功しただけなのだ。

――前進できないとすれば……。

このまま持久戦に持ちこむ手があるか、ともデムーランは考えてみた。さすがのバスティーユも食糧の備蓄には乏しいと、その文脈では好材料も得られている。が、こちらにも武器弾薬の用意が乏しいという、致命的な弱味があるのだ。

切れては、長期戦どころではない。こしゃくな暴徒どもが撃つ弾もなくなったかと、向こうに見透かされてしまえば、そのときこそ逆に短期決戦を挑まれてしまう。ああ、ローネイ総督は悠々と大砲の発射準備を進めるだろう。あるいはブザンヴァル男爵が、シャン・ドゥ・マルスから進軍してくるかもしれない。

「ああ、来るのが遅い」

そう怒鳴られて、デムーランは心臓を上下させた。とはいえ、すぐサンテールの声だと気づいて、背後を振りかえった。パリの大ブルジョワに叱《しか》られて、しゅんとなっている体《てい》が、一応の官吏と思《おぼ》しきクラヴァットの二人組だった。

その一方が言い訳がましく答えた。いや、サンテール殿のお怒りは、もっともな話でございます。

「けれど、常設委員会は方針を変えました。バスティーユこそ目下の最重要課題と、以後は力を傾注することにいたしました」

「ようやく動く気になったか」

「常設委員会の名前で再度交渉を試みます」

確かに来るのが遅いと、デムーランも胸奥に繰り返した。朝の話し合いを吟味した回答を、パリ市政庁は今頃になって寄せてきたというわけなのだ。

「降伏勧告です。バスティーユはパリ市の管理下に入られよ、その証《あかし》にパリ民兵隊を進駐させよと、今度は常設委員会の名前で要求いたします」

「もう戦闘状態に突入しているというのにか。はん、勝手に試みるがいいさ」

と、サンテールは突き放した。デムーランも再び無言で頷《うなず》いた。ああ、まともに相手にする気になどなれるものか。交渉の段階など、とうにすぎさっているのだ。午前に交わされた約定《やくじょう》などは、とうに破られているのだ。

「ローネイ総督閣下に告げる。こちらはパリ市常設委員会である」

それでも使者は働きかけた。今にも泣き出しそうな顔になりながら、こちらも官吏の辛《つら》さで、上から命令あったかぎりは、働かなければならないということだろう。

「繰り返しローネイ総督閣下に告げる。パリ市はバスティーユ要塞に降伏を勧告する」

すると、銃声が止《や》んだ。聞こえてくるのは、バチバチと藁が燃える音だけだった。

交渉を試みるからと、こちらの銃撃は前もって停止していた。注意を引こうと、白旗も大きく振ったが、もうもうたる煙幕で、それがみえたはずはない。が、声だけはバスティーユに届いたのか。その言葉を聞き入れて、向こうは交渉に応じるというのか。

――けれど、どうして。

デムーランは瞠目《どうもく》した。バスティーユの側に交渉に応じる理由はないはずだ。ましてや降伏勧告を受け入れる状況でもない。考えられるとすれば、はじめから戦意に乏しい廃兵たちが、いよいよと口説いたか。いや、やはりない。ローネイが聞き入れるわけもない。三十人のスイス傭兵《ようへい》を頼りとして、すでに応戦を決断しているからだ。今になって掌《てのひら》を返すようなら、はじめから発砲など許可していない。

考え違いと責められるべきながら、直後にデムーランは安堵《あんど》した。静けさを破るように、また銃声が響いたからだ。結局のところ、うんでもなく、すんでもなく、バスティーユは応戦を再開した。

「が、あいつらの攻撃なんか怖くないぞ」

「なるほど、出鱈目《でたらめ》に撃ってるだけなんだ」

「頭を低くしてさえいれば、あたりやしないぜ」

人民の側も特に落胆するではなかった。交渉になど、なにも期待していないからだ。流血覚悟のうえで必ず勝利を捥《も》ぎとってやるのだと、こちらも心を決めて久しいのだ。

──それだけではない。

士気が上がっていた。そのことをデムーランは、はっきり感じ取ることができた。もう狙《ねら》い撃ちはないと、それまでの緊張を途切れさせたことで、今にして思えば戦意が低調になっていた。あるいは新たに立ち現れた膠着《こうちゃく》状態に、今度は焦りを感じながら、いずれにせよ前向きな闘志には乏しかった。それが、ここに来て再び燃え上がったのだ。

「パリの底力をみせてやれ」

「おおさ、上から下まで綺麗に立ちあがらせてみろ。こちとらフランス一番の都だぜ。

パリジャンに怖いものなぞ、あるわけがねえってんだ」

「ああ、今こそパリ総決起だ」

遅れながらの降伏勧告は無駄ではなかった。なんらバスティーユに働きかけるところはなかったが、あにはからんや、人々の戦意を励ますことにはなっていた。

なるほど、これまでは自分で勝手に集まってきた、無名の群集にすぎなかった。誰に命令されたわけでもなければ、誰に許されたわけでもなく、ことによると、暴徒として片づけられかねなかった。バスティーユのみならず、パリ市政庁からみても、である。

それが最重要課題として力を傾注すると宣して、向後《こうご》は一緒に戦ってくれるという。いいかえれば、これまでの奮闘を当局が認めてくれたのだ。

――巨万の富を誇るブルジョワから、銅貨ひとつ持ち合わせない失業者まで……。

同じ目標を見据えながら、第三身分は今や完全にひとつになった。奇蹟《きせき》に等しいと思いながら、だからこそデムーランは目に力をこめないではいられなかった。ああ、今こそ目を逸《そ》らしてはならない。あれに引導を渡すべき敵がいる。バスティーユ、またの名をアンシャン・レジームという。

12——援軍

「と、ここまで喜ばせておいて、まさか、もう終わりじゃないんだろうな」

サンテールが続けていた。はい、もちろんです。使者のひとりは即答したが、もうひとりは煮え切らない様子だった。ぶつぶつと続けたことには、おいおい、本当に送ってくれるのかと。フレッセルさんときたら、意地でも武器は渡さない構えだったぜと。

聞き取りにくい小声のやりとりも、それほど長くは続かなかった。太鼓の音が聞こえたからだ。大きく大きく響きながら近づいて、ほどなく誰の目にも青軍服に赤の胴着という、颯爽《さっそう》たる雄姿が届けられたからだ。

「来てくれたのか、フランス衛兵隊が」

デムーランは声を上げた。ああ、これはテュイルリの再現ということなのか。自問を反芻《はんすう》する間もなく、かたわらに小躍りしている人影がみつかった。デムーランさん、デムーランさん、お望み通りに婿の野郎をバスティーユに連れてきましたぜ。

「ラグノオ親爺《おやじ》がやってくれたか」

そうした呻《うめ》きに号令の声が重なった。撃ち方よぉい。総員かまえ。撃て。

「パン、パパパパ、パパン。パン、パパパパ、パパン」

同じ銃声も音の厚みが別物だった。バスティーユの石材に跳ね返される結果は同じであるとしても、やりそうだと思わせる迫力が段違いで、しばしスイス傭兵《ようへい》の応戦を沈黙させたくらいだった。

「ピエール・オーギュスタン・ユラン、市政庁に指揮を委《ゆだ》ねられました」

肩章付の軍服が進み出て、自己紹介を試みた。こちらはエリー中隊長、同じく指揮を命ぜられております。送られた衛兵隊は二中隊の規模らしかったが、さておき、いつの間にやら国王の兵隊が、パリ市の兵隊に鞍替《くらが》えしてしまっていた。

「まずは遅れてしまいました。武器の支給が捗々《はかばか》しく行われませんで」

「三時半か、確かに遅刻だ。またせおって」

サンテールは苦笑だった。まあ、よい。よくないが、責めるべき相手は君たちではない。

「で、どうする。バスティーユは、みての通りの戦況だ」

「砲撃しかありませんな」

と、ユランは即答した。現役の軍人は指揮権を与えられていることもあり、もう直後には部下を動かしていた。砲撃用意。バスティーユ要塞《ようさい》正門中央の門扉を狙《ねら》う。砲手は急ぎ照準を合わせよ。他は援護の射撃にかかれ。こちらに向きなおって、説明を続けたのは、すっかり手筈《てはず》を整えてからだった。

「バスティーユ要塞の幕壁は八ピエ(約二・六メートル)ほども厚さがあります。いかな大砲をもってしても、撃ち抜けません。ですから、門扉を吹き飛ばします。どれだけの厚みも木材であれば、なんの問題もありません」

「そうか。それで我々は、なにをすれば」

「あの煙が邪魔です。すぐさま火を消して、馬車をどかしてください」

わかったと答えて、すぐさまサンテールは吠《ほ》えた。消火だ。消火だ。藁《わら》の火を消すぞ。馬車をどけるぞ。総督官舎のほうに井戸があったろう。大急ぎで水を汲《く》んでこい。

かたわらでデムーランは、胸奥の興奮が膨らむあまり、ついに笑みさえ禁じられなくなっていた。なんとなれば、ががら車輪が石畳を踏んでくるのだ。荒々しい力を予感させながら、巨人の男根を思わせる黒鉄《くろがね》の塊《かたまり》が、いよいよ前に押し出されるのだ。ああ、本物の大砲だ。ようやっと来てくれた。なにも持たない人民に、とうとう決め手が与えられた。

――これで事態は一気に動く。

バスティーユを落とせる。唐突に思い出されたのは、リュシルの笑顔だった。デムーランは思いついた。ああ、そうだ。このバスティーユさえ落とせば、僕は恋しい女と結婚できるんだ。

少しでも冷静に考えれば、なんの脈絡もない話だった。英雄になれば、欲しい女を手に入れられる。気難しい父親も遂《つい》に折れる。それが本当だとしても、バスティーユひとつ陥落させたくらいでは、まだまだ蜂起《ほうき》は終わりにならない。パリの危険を取り除いて、大量の火薬を押収して、ブザンヴァル男爵との決戦を迎えるのは、これからの話なのである。

そのことは認めながら、なおデムーランは直感を譲る気になれなかった。ああ、あるいは勝利は未《いま》だ遠くにあるかもしれない。

――けれど、その分かれ目は間違いなく、このバスティーユにある。

ならば死力を尽くせと、デムーランは腹の底に力を入れた。こうしちゃあ、いられない。作業を急がなければならない。煙幕が晴れるほどに、こちらの砲撃準備がバスティーユに見咎《みとが》められるは必定だからだ。妨害が激しくなることも、火をみるより明らかなのだ。

「一列に並べ」

と、デムーランは号令をかけた。いちいちバケツを運んでいたら、いつ火が消えてくれるか知れたものではない。だから、皆で井戸まで一列に並ぶんだ。先頭までバケツを手渡しにして、次から次と水をかけてやればいいんだ。

じゅ、じゅうと水蒸気が上がる音が続いた。さっきまでの黒煙から一変して、今度は白い煙があたりに充満し始めた。が、それは質《たち》が執拗《しつよう》でなく、ほどなく風に流されてなくなった。久方ぶりに空が大きく開けると、どんよりした鉛色さえ刹那《せつな》は眩《まばゆ》く感じられた。

「馬車どけろ。馬車どけろ」

衛兵隊はじめ援護射撃に守られながら、砲撃の道を開ける作業は続いた。数人と一緒になって、デムーランは右側の馬車を押したが、これが意外に難航した。もう火は消えているとはいえ、いざ手をかければ、まだ火傷《やけど》するくらいに熱かったのだ。

負けるものかと、デムーランは黒く焦げた横木に、あえて手を押しつけることから始めた。間近でみれば、まだ奥に熾火《おきび》の赤さえチカチカしていた。が、掌《てのひら》が焼けるくらいが、なんだ。負け犬で終わることに比べれば、二本の腕ごと捥《も》がれたとして、なんだというのだ。

「が、があぁ」

「ふん、むっ」

新たな呻きが飛びこんできた。肩口をすっかり押しつけながら、加勢したのはダントンだった。押せえ、押せえ。もう少し、もう少し。

ぐらと大きく横揺れしてから、ようやく馬車は動き出した。いや、少しでも動き出せば、あとは車輪が勝手に回る。勢いづくまま、ひとりで空堀の底まで落ちる。

それぞれの奮闘で残り二台も撤去された。デムーランは合図を送った。ああ、いいぞ。ガシャン、バン、バリバリと音が響いた。落下の衝撃のあまり、車輪を受けていた車軸から、敷き藁を支えていた荷台の板からが、刹那に大小様々の木端《こっぱ》と化して、今ひとたび堀の上まで撥《は》ね上がった。恐らくは掃除などしないのだろう。腐れかけの枯れ葉だの、ひからびた糞尿《ふんにょう》だの、そこは思想犯の獄舎らしく装丁のほつれた書物だのまで、空堀の底に溜まっていた塵が、もうもうたる煙として噴き上げたのは、その数秒あとの話である。

バスティーユの城門を捉《とら》えて、すでに砲列が敷かれていた。ユランは大きく頷《うなず》くと、続けて赤い小旗を掲げた。装塡《そうてん》よし。照準よし。無風、距離二十ピエ（約六・四メートル）、微調整の必要なし。

確認の声が返って、いよいよ発射の合図が送られるという、その寸前のことだった。誰かが叫んだ。まて、まて。

「まて、あれをみろ」

あれといわれても、はじめ意味がわからなかった。が、晴れた視界に、いや増してバスティーユが黒いだけに、ほんの小さなものでも白は目についた。右塔の銃眼から手首が出されて、その指先に摘《つま》まれながら、ひらひら泳がされていたのは、どうやらハンケチのようだった。

「白旗のかわりなのか」

デムーランが眉間《みけん》に皺《しわ》を寄せていると、また声が繰り返された。だから、あれをみろ。

「あれだよ。跳ね橋のところだよ」

確かに跳ね橋にも、白いものがみえた。奥の門扉が少しだけ開けられて、そこから伸ばされた手が、跳ね橋との隙間《すきま》を潜《くぐ》りながら、なにか白いものを差し出していた。ひらひら泳ぐ様子はなく、今度は白さにも折り目ただしい印象がある。

「手紙か」

受け取ろうにも、行手は空堀に阻まれていた。大急ぎで木板が運びこまれたが、それも向こう岸には届かない。こちら側の端に、どっかとダントンが腰を下ろした。皆で押さえている。底に落とすようなヘマはしないから、とってこい、カミーユ。

「わかった」

デムーランは木板に足を出した。はじめは造作もなかったが、地面がなくなり、空堀のうえにさしかかるほど、うわんうわんと上下して、足元は不安定きわまりなかった。

「おっとっとと」

身体《からだ》の均衡を取りながら、目いっぱいに腕を伸ばして、なんとか指先をかけようとする。ああ、もう少し。もう少しで届く。

「届いた」

デムーランは陣地に戻った。なんだ。バスティーユは、なんといってきた。皆が集まってきたが、くらくらして、まだ字など読めそうになかった。誰となく、とにかく手紙を差し出すと、マラが受け取ったようだった。いいかね、読むよ。

13——白旗

「バスティーユ要塞《ようさい》はパリ市の勧告を聞き入れ、施設の引き渡しと、民兵隊の進駐を受け入れる用意がある。ただし、その際には総督、総督補以下、守備隊全員は罪を一切問われず、自由に退去できる旨を了解されたし。かかる降伏条件を諸君が受け入れないならば、当方はバスティーユ要塞に貯蔵されたる二百樽《たる》の火薬に火をつけ、当施設ならびに当該街区を爆破することであろう。

一七八九年七月十四日、夕刻五時、バスティーユにて

総督ベルナール・ルネ・ドゥ・ローネイ侯爵、署名」

だとさ、とマラは読み上げを括《くく》った。

息を呑《の》む気配が相次いでいた。駆け抜けたのは戦慄《せんりつ》だった。二百樽の火薬に火をつける。本当に実行されれば、さしものバスティーユ要塞も冗談でなく粉々になるだろう。その破片を浴びながら、少なくともサン・タントワーヌ街くらいは全滅してしまうに違

いない。

「嘘《うそ》だ。ただの脅しだ」

そうした言葉で、デムーランは息を吹き返した。ああ、本気なわけがない。だって、自分も死んでしまうんだぞ。ローネイが殊勝に自殺するような玉か。

「だいいち、そんな条件は呑めない。だって、無罪放免にしなけりゃいけないんだぞ。ローネイは狙《ねら》い撃ちを命じて、何十人という人民の命を奪っているんだぞ」

そう続けると、呼応する声が上がった。その通りだ、デムーランさん。ああ、ローネイの野郎も今さら命乞《いのちご》いだなんて、おふざけも大概にしろってんだ。降伏してもらわなくたって、おまえのバスティーユ要塞なんざ、もう陥落寸前になってんだよ。

ひとしきり打《ぶ》ち上げられて、落ち着いたところを捕えて、マラがまとめた。

「ということだな、つまるところは」

「なにが、つまるところなんだい、マラ」

「人民は殺気に満ち満ちている。それはバスティーユからも窺《うかが》えるんだろうさ。どのみち自分は助からないと、ローネイだってわかってるのさ。だったら、陥落して殺されるより、パリを道連れに自爆する。単なる脅しじゃなく、本当にやりかねない」

再び沈黙が流れた。ダントンが口を開いて、水を向けた先がサンテールだった。

「パリ市政庁の意向としては、どうなんだい」

「できれば、逮捕連行したいところだ」

それがサンテールの答えだった。いや、私としても本音をいえば、ローネイなど叩《たた》き殺してやりたいよ。けれど、逮捕して、きちんと裁判にかけて、法に照らして罪に問わないならば、邪《よこしま》な政府と同じになってしまう。バスティーユこそ我々が憎んできた封印状、つまりは王に一筆さえ書かせれば、裁判もなく、量刑も出鱈目《でたらめ》に投獄できるという制度の犠牲者が、囚人として放りこまれてきた先なわけじゃないか。

「同じことを、我々第三身分が繰り返すのは、どうか」

「ローネイ総督に関しては、私も連行を命じられています」

と、ユランが後を受けた。フランス衛兵隊の指揮官まで与《くみ》したことで、話が決まったような空気が流れた。が、デムーランは承服できなかった。

ローネイの条件を呑むほうが、あるいは利口なのかもしれない。パリが砲撃される危険を取り除き、おまけに大量の火薬まで手にすることができるのなら、戦闘を続けることのほうが愚かしいのかもしれない。が、愚かしいといえば、こうして戦闘を始めたこと自体が愚かしいのだ。不利を覚悟のうえで強行したあげくが、バスティーユ攻略の一歩前まで来ているのだ。

――負けるわけがない。

きちんと道が開かれていたからだ。やはり、これは神の導きだったのだ。心のままに行動することが大事なのであり、かえって利口であってはならないのだ。

——でなくとも、いったん始めたからには、最後まで突き進め。

もう引き返すのは嫌なのだとも、デムーランは心に叫んだ。今日こそ結婚を申しこもう。父上に僕の真面目《まじめ》な気持ちをわかってもらおう。そう心を決めて出発しながら、御《お》屋敷《やしき》の門を前に引き返すというような真似《まね》を、これまで幾たび繰り返してきたことか。

ここで無理押しなどしては、相手の神経を逆撫《さかな》ですることにもなりかねない。出入り禁止になるくらいに嫌われては、元も子もない。なにより恋しい女を苦しませるわけにはいかない。そうやって利口を気取りながら、デムーランとてわかっていた。ああ、小《こ》賢《ざか》しい理屈を捏《こ》ねて、根の臆病《おくびょう》を押し隠しているかぎり、僕はリュシルと結婚できない。もっともらしい言葉を並べたてながら、いつか愛する女のことも、あきらめなければならなくなる。

「そんなの、やっぱり認められない。だって、全部が嘘なんだ」

と、デムーランは蒸し返した。マラが肩を竦《すく》めて応じた。

「だから、カミーユ、あながち嘘じゃないと、さっきいった……」

「いや、嘘なんだよ。それも、みえすいた嘘だ。ローネイは時間稼ぎをしているんだ。こうしている間にも、みえない壁の向こう側では大砲が準備されているに違いないんだ」

そうマラに投げつけてやると、その場の皆が表情を変えた。デムーランは続けた。ああ、テュリオの報告を聞いたろう。円柱塔の頂だけじゃない。大砲は城内にもあるんだ。あらかじめ外に照準を合わせたものが、三門も据えられてるんだ。

「これが火を噴いてみろ」

デムーランは手ぶりで皆の想像力を喚起した。いきなり跳ね橋が降りてくる。重たい門扉が左右に分かれる。奥に砲身が覗《のぞ》いたかと思うや、物凄《ものすご》い轟音《ごうおん》が響き渡る。爆風一過に目を開ければ、せっかく整えた衛兵隊の大砲が鉄屑《てつくず》に成り下がっている。ようやく手に入れた人民の武器が、もう使いものにならなくなる。

「それで、いいのか」

数秒の沈黙が流れた。切り上げたのは決断の早い軍人だった。

「仕方ありません。砲撃にかかりましょう」

皆が頷《うなず》き、再びパリ市の陣営は動き出した。砲列の横まで戻り、ユランが赤い旗を掲げなおしたときだった。

じゃらじゃら鎖が泣きわめいた。突如として、バスティーユの跳ね橋が降りたのだ。

デムーランは戦慄した。いや、誰もが顔面蒼白《がんめんそうはく》だった。ローネイは、やはり砲撃を準備していたか。これで、あえなく万事休すか。

「…………」

しんとしたまま、砲撃の音は続かなかった。城門が大きく口を開けただけだ。恐る恐るバスティーユの奥を覗けば、四方の要塞に囲まれながら、確かに芝生のうえには砲列が敷かれていた。が、それが火を噴くような気配は皆無なのだ。

「だから、はじめから嫌だって、いったんじゃ」

嘆きの声を投じたのは、髭《ひげ》も白い老兵だった。恐らくはバスティーユの廃兵である。ふらふらと現れると、そのまま跳ね橋を渡り出てくる。嫌だったんじゃ。嫌だったんじゃ。本当じゃ。わしは一発も撃っとらん。涙ながらに続けた言葉は、言い訳ながらの命乞いであるようだった。

――ということは勝った、のか。

正面を除いた三方で、ぐっと力をためた空気が、今にも動き出す気配があった。その直後にデムーランは、獅子《しし》の咆哮《ほうこう》を聞いた気がした。強いられた沈黙に報復せずにはいられないとばかりに、意味もなく声のかぎりに吠《ほ》えながら、中庭の群集は一斉に駆け出したのだ。奔流となりながら跳ね橋を一気に抜けて、どかどか城内に上がりこんでいく。が、やはりバスティーユは応戦しようとしなかった。

「勝った。勝った。俺《おれ》たちは勝ったんだ」

言葉通りにバスティーユは占拠された。地下室に乗りこんで、火薬の箱を持ち出した者がいる。牢獄《ろうごく》に踏みこんで、囚人を勝手に解放した者がいる。あるいは銃を取り上げて、スイス傭兵《ようへい》に殴る蹴《け》るの私刑を加えた一群もある。そうした混沌《こんとん》の渦に術《すべ》なく巻きこまれながら、デムーランはといえば頭のなかが白くなって、なにがなにやらわからなくなっていた。勝ったのか。この僕は勝ったのか。これでリュシルと結婚できるというのか。

「ああ、殺せ、殺せ、こんちくしょうめ」

狂喜する群集はパリ市政庁めざして行進を始めた。バスティーユ総督ローネイはユランの必死の働きで、いったんは身柄を確保されたようだった。が、同じ道を連行されている間に群集に奪われて、そのまま息の根を止められた。

到着した先のグレーヴ広場でも、パリ商人頭フレッセルが裏切り者と罵《ののし》られて、頭に銃弾を撃ちこまれていた。死体は二人ながら首が胴体から切り離されて、槍《やり》の穂先に刺された。

血腥《ちなまぐさ》い旗印を掲げながら、パリが勝鬨《かちどき》を上げたのは、サンテールの懐中時計によれば午後の五時半だった。どんよりした曇り空が、ぽつぽつと雨を落とし始めていた。

14——革命か、暴動か

「バスティーユが陥落した」

そうしたパリからの報《しら》せに、憲法制定国民議会は狂喜した。ヴェルサイユに速報が届いたのは、七月十四日の夜遅くのことだった。

日暮れから降り出して、どんどん強くなる雨に、ムニュ・プレジール公会堂も窓硝子《まどガラス》を叩《たた》かれていた。もとより外は漆黒《しっこく》の闇《やみ》だった。ただ水滴が流れるだけの風景を見据えながら、他の議員と一緒に騒ぐでないミラボーにせよ、独り呟《つぶや》かずにはいられなかった。

「やってくれたか」

パリはやってくれたか。デムーラン坊やも、とうとう男になったのか。ああ、上出来だ。そう続けたミラボーにしてみれば、ある程度は予想していた運びだった。とはいえ、成否が判然とするまでの数日は、ほとんど神の審判を待つような気分ですごした。

もちろん、パリの模様はヴェルサイユにも逐一届けられていた。ネッケルの更迭《こうてつ》を聞きつけて、いよいよ興奮が高まっている。十二日、パレ・ロワイヤルで蜂起《ほうき》が始まった。方々で軍隊と衝突した群集は、夜には入市税関を焼き、また略奪にも手を染めた。十三日、いよいよパリ市が身を乗り出し、民兵隊を組織し始めた。十四日、朝一番でアンヴァリッドが襲撃され、民衆の手に武器が渡った。バスティーユに人々が押しかけて、ことによると戦闘が起こりそうだとも、夕《ゆうべ》には伝えられていたのだ。

とはいえ、こちらの議会の空気をいえば、多くを期待するではなかった。かの有名な厳《いか》めし顔の要塞《ようさい》に、訓練も受けていない素人兵が手を出せるわけがない。外堀の際まで詰めて、ただ大騒ぎしているのが関の山だ。本当に戦闘が始まったとすれば、それこそ危機的事態の引鉄《ひきがね》になりかねない。パリの人々が蹴散《けち》らされるだけではない。バスティーユの砲声こそは、国王政府が武力弾圧を開始するという、高らかな合図になる。

「議会の解散さえ、もう時間の問題だ」

と、それが議員諸氏の声だったのだ。

いいかえれば、すでにヴェルサイユは絶望に傾いていた。変わらず近衛隊《このえたい》に議場を取り囲まれながら、憲法制定国民議会はといえば、やはりというか、武力弾圧の恐怖を前になす術《すべ》もないままだった。

いつ逮捕連行されても不思議でない状況だとして、議員は個々の自由行動を控えた。それぞれの宿舎に帰ることなく、十三日の夜からは皆でムニュ・プレジール公会堂に泊まりこみだった。が、そうやって団結してみたところで、なにもできない実情に変わりはなかった。議会は常設であることを宣言し、国王政府に早期の軍隊撤退と更迭された大臣の復職を求めと、一応の議決は繰り返していたのだが、それも王には黙殺をもって応《こた》えられたのみなのだ。

不安は高まる一方だった。誰が最初に唱えたのかは知れないながら、そのうち怪情報が飛び交うようになった。

すなわち、バスティーユの騒擾《そうじょう》を格好の名分として、国王政府は十四日深夜にパリ総攻撃を開始する。ほぼ同時の電撃作戦で、こちらのヴェルサイユでは、いよいよ議員の逮捕が始まる。シェイエス、ラメット、ル・シャプリエ、それにラ・ファイエット、ミラボーと、すでに逮捕者名簿もできあがっている。

銃剣を構えた近衛兵が、いつ議場に乱入するか、いつ逮捕状を読み上げるかと、戦々恐々としていたところ、パリから届けられたのが、バスティーユ陥落の一報だったのである。

「議会は救われた」

つい先刻までの絶望を忘れながら、なるほど、皆が狂喜したはずだった。ああ、これは神の奇蹟《きせき》だ。やはり正義は我らにある。我々が巻き起こした好ましき潮流が、パリに大きな力を与えたのだ。そうやって鼻息荒くしたくなる気分も、わからないではない。

が、かかる議員仲間に同調することなく、ミラボーは独り窓の向こうを眺めたのだ。

――はん、能天気にも程がある。

なにが、神の奇蹟だ。なにが、我々が巻き起こした好ましき潮流だ。きさまらなど、要するに他力本願の能なしではないか。それが証拠にとミラボーが思うのは、議会は他愛《たわい》なく騒ぐばかりで、自らの仕事を始める素ぶりもないことだった。はん、少しでも冷静に考える頭があれば、喜んでばかりはいられないはずではないか。

――実際のところ、パリの人々は、まだ身構えている。

現場に無邪気な幻想はありえないからだ。バスティーユが落ちたくらいで、それきり武器を手放したりなどしない。突き放して考えれば、高《たか》が要塞ひとつなのだ。まだシャン・ドゥ・マルスには、ブザンヴァル男爵の軍勢が控えている。バスティーユを落とせたのも、その兵力が投入されなかったからである。

――まだ、なにも救われてはいない。

救われるかもしれないと、いくらか希望が持てるようになっただけだ。それをヴェルサイユに籠《こも》りきりの議員どもときたら……。ミラボーが譲れないことには、議会は議会にしかできない仕事を急がなければならなかった。すなわち、七月十四日を革命の記念日にしなければならない。バスティーユを、ただの暴動で終わらせてはならない。

――革命か、暴動か。

単なる言葉遊びというのではない。それを歴史の一里塚にできるかできないかで、フランスの行末は大きく変わるはずだった。のみならず、ここで取り扱いを間違えれば、誰ひとりとして救われなくなる。救われたと大騒ぎしている議会とて、ほんの十日もすぎれば、再び絶望の淵《ふち》に立たされないともかぎらない。

——だからこそ、己《おの》が使命に刮目《かつもく》せよといっているのだ。

ただ喜んでいる議員一同の尻を叩くようにして、即日ミラボーは動いた。取り急ぎは深夜だからと遠慮せずに、ルイ十六世に使者を遣わし、先の上申書について再考を促すことだった。

——その成果が、これだ。

七月十五日、まだヴェルサイユには雨が残っていた。興奮のあまり寝られなかったり、安堵《あんど》のあまり熟睡したり、議員たちは各々だったが、その全員を早朝から駆り立てて、ミラボーはまたぞろ新たな上申書の作成にかかっていた。口頭で催促したくらいでは音なしだというならば、しつこいくらいに働きかけて、どうでも鳴かせてやろうという考えだったが、さすがのルイ十六世も今度ばかりは遅れなかった。

なんの前触れもなく、王は議場を訪ねてきた。近衛兵が先達して、ほんの一瞬だけ議場を凍りつかせたが、それも僅《わず》かに二人だけだった。供の人数も少なく、なによりルイ十六世が趣味の錠前いじりでもやるかのような簡素な服装だった。

決断するや、とるものもとりあえず、やってきたということだろう。演台に進むでなく、入口近くで議員たちに詰め寄られるまま、王はその重い口を開いた。なんと申すか、まあ、いずれにせよ、王国の安寧こそ朕《ちん》の最大の望みである。いかにして平和を保つか、まあ、いろいろ考え方はあろうと思うが、その、つまりは朕とて、議会の意見に耳を傾ける用意がないではなかった。もちろん熟慮の時間は要するわけだが、今朝方になって最善の方法を確信するにいたったので、それを議員諸氏に知らせておきたい。

「ああ、朕はパリから、それにヴェルサイユからも、軍隊を撤退させようと思う」

数秒の静寂が流れた。が、その直後に議場が爆発していた。歓呼の声に拍手喝采《はくしゅかっさい》が重なって、少なくとも歓迎の意は示された。いくらか安堵したらしく、ルイ十六世のほうも、ぎこちない笑みになった。ミラボーは、ふうと大きく息を吐いた。

――急いで、正解だった。

軍隊の早期撤退は、これまでも何度となく促してきた話だった。とはいえ、ことごとくが虚《むな》しい哀訴でしかなかった。それが今度だけは違ったのだ。

――ああ、パリはやってくれた。

バスティーユが上出来だというのは、高が要塞ひとつであるとはいえ、それが十二分な圧力として働いてくれるからだった。事実として人民は勝利したのだ。不可能と思われた勝利を捥《も》ぎ取ることで、パリが世界に与えた衝撃は計りしれないのだ。全体の形勢を左右するほどの勝利ではないとしても、その心理的な効果だけは途方もないのだ。

——ならば、事件の衝撃が生々しいうちに、片をつけなければならない。

王が弱気に駆られた機を捕えて、一気に解決しなければならない。喜ぶ暇があるなら仕事を急げというのは、いったん国王政府に落ち着かれて、戦況を冷静に分析されてしまっては、そのときこそ手の打ちようがないからだった。

パリの勝利が続くとは思えなかった。ブザンヴァルの指揮下に無傷で温存されているとはいえ、なお王の軍隊が恐るべきものだとはいわない。長引くほどに危惧《きぐ》されるのは、こちらの内部崩壊のほうだった。

フランスの御多分に洩《も》れず、またパリも一枚岩ではない。企業を経営するような大ブルジョワがいれば、小売を行う店を構え、あるいは親方として職人の看板を出し、でなくとも学を修めて法曹を任じるような小ブルジョワもいて、あげくは賃雇いの労働者から無産の失業者までが無数に屯《たむろ》している大都会が、パリなのである。

それぞれの利害が、いつまでも一致するとは思えなかった。新天地を求めた移民ばかりで、ほぼ全員が横並びというようなアメリカとは、そこが決定的に違う。貴族と平民が分かれているだけではない。一口に第三身分で片づけられないほど、その内側にも大きな差が生じてしまっているというのも、また歴史と伝統あるフランスの宿命なのだ。

全員が一致団結して、パリ総決起に結実した七月十四日のほうが例外であり、また奇蹟と考えたほうがよい。

——なればこそ、その稀有《けう》な出来事を革命に昇華させなければならないのだ。ひとたび人々の団結が乱れれば、あとは王の軍隊に鎮圧されて終わるしかない。それでは、せっかく手に入れたバスティーユの勝利さえ、つまらない暴動の名で片づけられてしまう。革命の名を与えるための最低条件が、一刻も早い平和の回復であると、そうミラボーは考えざるをえなかった。

15――誰の勝利か

ざわめきは容易に引けていかなかった。最初の爆発が落ち着いて、なお興奮は覚めやらず、それどころか喜びに実感が伴うほどに、元から浮わつき加減の議員たちは止められなくなったのだ。

あるいは逆に前後も覚束《おぼつか》なかったものが、ようやく自分を取り戻したというべきか。朝一番の出来事だけに、まだ髪も整えていない議員が大半だった。バスティーユの陥落を聞いて、そのまま寝入ってしまったために、なかには寝癖がはねたままの者もいる。王の譲歩を聞きながら、それを撫《な》でつけ撫でつけ、鬘《かつら》をかぶり、クラヴァットを結びなおし、即席ながらも身支度を整えて、いよいよと前に出てきたばかりなのだ。

まだこれからと、騒ぎが収まるわけもない。

「人民は勝利した」

とも、声を上げる者があった。議場では続いて数人の議員が呼応した。いかにも、我々は軍隊を退けたのだ。民衆の力の偉大を示したのだ。

ミラボーは席を立った。それまでは腕組みで、ときに瞑想《めいそう》するかの体《てい》でいた。が、やはり外野に潜んでいるわけにはいかないようだ。

——人民の勝利にしてはならない。

勝者がいれば、また敗者もいるからである。当然の話であり、そのこと自体に不都合はない。が、そうして人民の勝利を高らかに打《ぶ》ち上げたとき、ルイ十六世の頬《ほお》がひくと動いたことに気づいた者はいないのか。フランスの王たる誇りを傷つけられ、腹奥に濁った感情さえ渦巻かせかねない兆候に、そうまで無頓着《むとんちゃく》でいてよいのか。

——あくまで敗者は貴族であらねばならない。

王でなく、王に武力の発動を強いた取り巻きの貴族だけが、自らの特権的な地位を守らんとして第三身分に悪意で報いた貴族だけが、とことん責められなければならない。自なんとなれば、王は自らの意志をもってしても、軍隊を動員することができるのだ。自尊心を傷つけられた報復として、今度こそと徹底抗戦を始めることだってできるのだ。

——第三身分も、その戦いを受けられるのなら、高らかに勝利を謳《うた》え。

貴族のみならず、王まで廃して、とことん勝ち抜いたあげくの果実を革命と呼ぶことも、無論できないわけではない。が、それが難しいというのだ。かなわないなら、どこかに落としどころを設けるべきなのだ。

ミラボーには、みえていた。高度な政治的判断で、うまく収拾できなければ、栄光の七月十四日も虚《むな》しく無に帰すだけになる。

「パリにも知らせてやろうじゃないか」

議場の騒ぎは続いていた。今度はバイイ、シェイエスというような、パリ選出議員の面々だった。ミラボーは変わらず冷ややかな思いである。はん、自ら選挙区に朗報をもたらして、人気取りの一助にしたいという腹か。諸君らのおかげで議会は救われたと、あるいは殊勝に感謝の意を伝えるつもりか。

「それはいい考えですな。議員団を挙げて、パリに出向きましょう。もう武器を構える必要はなくなったのだと、我々が自ら説いて回りながら、パリの勝利を皆で言祝《ことほ》ごうではありませんか」

遅れじと声を上げたのは、今度はラ・ファイエット侯爵だった。生まれ育ちに恵まれた軽々しいお調子者が、新たに祭り騒ぎの提案というわけである。まったく、この能天気には呆《あき》れると、いよいよミラボーは唾《つば》さえ吐きつけたい気分だった。

――そんなことをして、どうなる。

とも、問いつめたい衝動がある。パリを喜ばせて、どうする。フランスは、どうなる。祝祭をやるならやるで構わない。が、どうせなら、少しは頭を使えという。

人垣を掻《か》き分けながら、いよいよミラボーは前に出た。ずんずん大股《おおまた》の歩みを運んだ先が、議場の騒ぎに忘れられたかのように立ちつくしている、国王ルイ十六世の面前だった。

片膝《かたひざ》を絨毯《じゅうたん》に落として遜《へりくだ》ると、ミラボーは始めた。

「陛下にお願いがございます」

それほど大きく張り上げたつもりはなかったが、やはり獅子《しし》の咆哮《ほうこう》には誰もが戦慄《せんりつ》せざるをえないようだった。あるいは新しい、それも決定的な展開があると瞬時に予感したのかもしれないが、いずれにせよ議場のざわつきが引けていった。一語一語まで、きちんと通るだけの静けさを確かめてから、ミラボーは先を続けた。

「陛下もパリを訪ねられませ。ともに祝祭に参加なされませ」

それがミラボーの懇願だった。ええ、陛下御自《おんみずか》らがバスティーユの占領を祝われるのです。そうすることで、パリの人々と和解なされるのです。

「言葉を換えますならば、陛下におかれましては、こたび行われました第三身分による革命を、懇《ねんご》ろに支持していただきたいのです」

沈黙が続いた。もとより議場が応《こた》える筋ではなかったし、返答を求められた王にしても、困惑したような表情しか浮かべられなかった。

かわりに答えて出たのが、お付きの侍従だった。

「陛下に敗北を認めよと申すか。公衆の面前でパリの膝下《しっか》に屈伏せよと、ミラボー伯爵、そうした求めと理解してよろしいのか」

「全《まった》くもって、違います。それを敗北と取るような考え違いをこそ、これを機会に正されるがよろしいと、そう申し上げているのです。ええ、公に御示《おしめ》しなさいませ。敗北であるどころか、勝利に他ならないということを。勝ち誇るべきは人民と、誰より陛下であるということを」

「…………」

「貴族を取るか、平民を取るか。狭間《はざま》に立たされ、あるいは陛下におかれましては、逡巡《しゅんじゅん》を禁じえない日々もあられたかもしれません。傲岸《ごうがん》な貴族どもに迫られるあまり、不本意な決断を余儀なくされたこともないではなかったかと存じます。けれど、今は違う。決然として態度を定められ、はっきり平民の側についておられます。そのことを陛下御自ら人々に伝えられてはいかがかと、それが私の提案なのでございます」

それは議会が紛糾して以来、ミラボーが一貫して希求してきた図式だった。王は人民の側に立つ。そうすることで貴族の反動など許さず、逆に第三身分の革命に強固な御墨付きを与える。そのうえで難局に喘《あえ》いでいる国家の再建に邁進《まいしん》する。

それは同時にフランス人の望みでもあるはずだった。平民大臣ネッケルが絶大な人気を勝ち得たのも、そこだった。人々は多少の財政手腕に期待を寄せたわけではなかった。自分たちの代表が登用されたと、王が自分たちと一緒に新たな国政を進めてくれると、そう思えばこそ、人々は熱狂を禁じえなかったのだ。

「ええ、フランス王ルイ十六世こそ、人民とともに新生フランスを力強く始動させる、真の英雄たりえてほしいのであります」

なおルイ十六世は沈黙を崩さなかった。再び侍従が発言した。

「しかし、パリは危険ではないのか。陛下に万が一のことがあっては……」

「私がお守りいたします」

今度こそ野獣よろしく吠《ほ》えながら、ミラボーは断言した。いえ、私がというより、私ども議員団が挙げて、パリまで陛下と御一緒させていただきます。万が一にもパリの人々が押し寄せたなら、そのときは間に入り、身を挺《てい》して陛下の盾とならせていただきます。

「いや、それこそは新生フランスを表現する晴れの光景となりましょう」

まず人民がいる。選び出された議員が中核にある。囲まれながら、その意見に耳を傾ける王が世界の中心にして、新しいフランスに安寧と繁栄を約束している。議員が法を定める役分であるならば、そのとき王は万民の正義で飾られる格好にもなる。

――バスティーユ陥落を言祝ぐ祭りに、立憲王政が表象される。であればこそ、七月十四日は真にフランスの革命に昇華する。無に帰すことなく、輝かしい明日を拓《ひら》いた歴史の一里塚として、いついつまでも記憶される。そう心からの確信あるからこそ、ミラボーも声が大きくなるのである。

「ええ、陛下におかれましては、是非にもパリに」

「善処いたそう」

と、ルイ十六世は答えた。暴動の熱気いまだ冷めやらないパリであれば、朕としても即答はしかねる。けれど、必ず善処いたすと、そのことだけは約束しよう。

顔を上げ、ぐんと勢いよく立ちあがりながら、ミラボーは力強く念を押した。ええ、陛下の御身《おんみ》の御懸念は当然のことと存じます。けれど、ゆめゆめ御忘れなさいませぬよう。

「陛下のことは、私がお守りいたします」

16――敗者

――それが、このザマか。

ミラボーは独り、また窓硝子《まどガラス》の風景を眺めていた。

幸いにして、その日は晴れだった。夏らしい午後の陽光が、きらきらと木々の緑に弾《はじ》け、ときおり鳥が囀《さえず》るほかは物音らしい物音もない。

ヴェルサイユに借りた居館は、長閑《のどか》でさえある空気に包まれていた。が、その静けさが逆にミラボーを苛々《いらいら》させた。寝台に横になっていたからだ。またしても体調が思わしくなくなって、パリ行きを断念せざるをえなくなったからだ。

七月十七日金曜日になっていた。ルイ十六世がパリ行きを承諾したのは昨日十六日、更迭《こうてつ》したネッケルの復職を発表した直後だった。

憲法制定国民議会の議員団は、その多くが先がけて出発していた。国民議会の初代議長を務めたパリ管区選出議員バイイは、一新なったパリ市政庁に迎えられ、やはり新設されたパリ市長の職に就いた。かたわらでラ・ファイエット侯爵は、蜂起の最中に組織された民兵隊、こたび「国民衛兵隊《ガルド・ナシオナル》」と名前を改められたブルジョワの兵団に、こちらは司令官として迎えられることになった。

――かかるパリを、とうとう王は訪ねたのだ。

ヴェルサイユを出発したのが午前九時、パリ到着が午後三時で、その一行を新市長バイイは市門で出迎えたようだった。市門の鍵《かぎ》を渡すという、中世来の恭《うやうや》しい儀式をもって、行われるべき祝祭の趣向としたのだ。

「ええ、アンリ四世陛下に捧《ささ》げましたのも、この同じ鍵でございます。かの大王は人民を取り戻されたのですが、こたびは人民が王を取り戻したのでございます」

十六世紀末葉のフランス王、アンリ四世とはブルボン朝の始祖である。宗教動乱の時代にあって、従前まで新教徒の首領を任じていたこともあり、この新しい王をパリは容易に認めなかった。市門の鍵を捧げたというのは、王の軍事的、政治的攻勢に圧《お》されて、とうとう開城したときの逸話である。それを持ち出して、はん、野暮な学者先生も気を利かせたものではないか。

ルイ十六世が鍵を受け取ると、それから市内行進が始まった。馬上のラ・ファイエット侯爵に先導されて、大騒ぎの行列は一路グレーヴ広場をめざした。そこで再びバイイが手渡したのが、今度は赤白青の三色で飾られた帽章だった。

赤青は伝統的なパリの色である。七月十四日にはパリ総決起の目印にも使われた。ラ・ファイエットの発案で、新たに白が加えられたのは、こちらは伝統的にフランス王家の色とされてきたからである。

「ええ、国民衛兵隊でも用いております。新生フランスを象徴する印でございます」

はん、星条旗を押しつけないだけ、あのアメリカかぶれも成長したものではないか。またしても茶化す言葉を呟《つぶや》きながら、そうしてパリで繰り広げられるであろう風景は、目を閉じればたちまちミラボーの瞼《まぶた》にも浮かんでくるものだった。

三色の帽章をつけながら、ルイ十六世がパリ市政庁の露台《バルコン》に上がる。皆のもの、朕《ちん》の愛情を信じてよいぞ。そう声をかけられれば、人々は連呼する。国民ばんざい《ヴィーヴ》、自由ばんざい、国王ばんざい。満足げな笑みで王が受け止めるとき、我こそ今日の日の立役者といわんばかりの顔をして、その左右を固めている二人の男は、いうまでもない。

──ちくしょうめ。

早便に顚末《てんまつ》を伝えられるや、ミラボーは苦々しく吐き捨てないではいられなかった。ちくしょうめ。ちくしょうめ。パリ市長に、どうしてバイイが選ばれるのだ。なんの政治力もない、ただ清潔なだけの学者ではないか。国民衛兵隊の司令官が、どうしてラ・ファイエットなのだ。全て鵜《う》呑《の》みのアメリカかぶれは、ワシントン将軍の無様な物真似《ものまね》にすぎないではないか。

――少なくとも三色の帽章を王に手渡す役分は……。

この俺《おれ》さまのものであるはずだったと、ミラボーは臍《ほぞ》を噬《か》んだ。なんとなれば、王を人民の手に取り戻したのは俺ではないか。いいかえれば、俺さまの剛腕こそが、青と赤の狭間《はざま》に白を押しこんだのではないか。にもかかわらず、晴れの舞台を余人に奪われて、病の寝台に括《くく》られていなければならないとは……。

――まるで敗者だ。

あまりな不条理に感情が暴発しかけた。声のかぎりに喚《わめ》こうと、大きく息を吸いこみまでしたのだが、それをミラボーは吐かずに呑《の》んだ。かたと扉が動く音がして、誰かが入室してきたからだった。

むんと甘い臭いが流れた。空気が濁ったように感じるほどだった。なんだ、カトリーヌか。

「あら、伯爵、起きてらしたの」

「おまえこそ、いたのか、まだヴェルサイユに」

「余所《よそ》に用事なんて、ありませんもの」

女は確かに絹の内着のままだった。豊満な肉体を隠す役にも立たない薄衣《うすぎぬ》で、なるほど、この屋敷から一歩も出ていない様子だ。

――献身的な看病というわけでもあるまいが……。

女は手に盆を運んでいた。葡萄酒《ぶどうしゅ》の赤が透ける硝子瓶《キャラフ》に、チーズ片を盛りつけた皿が並んでいた。恐らくは廚房《ちゅうぼう》に声をかけて、急ぎ用意させたものだろう。はん、情人が病気でも、腹は減るというわけだ。

こちらが半身を立てる寝台の、空いたところに腰かけると、かたわらに盆を置いて、やはりカトリーヌは食べ始めた。チーズの油分に艶《つや》を得ながら、さらに葡萄酒の色に湿ると、黙々と咀嚼《そしゃく》を続ける唇は、グロテスクといえるくらいに生々しい感じがした。あるいは女という生き物が逃れられない浅ましさが、ここぞとばかりに色濃く出たというべきか。

――はん、俺に寄るのは、この手の阿婆擦《あばずれ》だけというわけか。

そう我が身さえ冷やかしながら、ミラボーは弱々しく苦笑した。実際のところ、あとは、すっかりいなくなった。議員団は挙げてパリに向かい、王までが足を運べば、ヴェルサイユの廷臣どもも後を追う。残された俺のところにいるのは、結局のところ……。

「いや、カトリーヌ、おまえもパリに行くがいい。向こうは賑《にぎ》やかだそうだぞ」

「バスティーユが落ちたから、めでたいとか、めでたくないとか。そんなこと、あまり興味ありませんもの」

「というが、ここにいても、楽しいことなどないぞ。そんな格好で誘われても、あいにくと俺は身体《からだ》の調子が悪くてな、今日のところは、おまえの相手はできそうにない」

「まあ、そんなこと。伯爵ったら、また女を馬鹿にして」

「馬鹿にしているわけではないさ」

　そう答えると、カトリーヌは薄笑いを浮かべて、さらに身を寄せてきた。寝台に膝《ひざ》を突いたかと思えば、這《は》うような動きで近づいたのだ。ローブの裾《すそ》を乱してまで、左右の腿《もも》を広げてしまうと、そのままこちらの腹上に馬乗りになってくる。

　なにを始めるつもりなのかとみていると、カトリーヌは一番に袷《あわせ》の紐《ひも》を解《ほど》いた。はだけられれば、柔らかに波打つような乳白色の肉塊が眼前に現れる。たじろぐつもりはないのだが、饐《す》えたように甘い体臭までが煙り始めると、やはり印象は生々しいものだった。

「だから、カトリーヌ、俺は今日は……」

「ほら、やっぱり女を馬鹿にしている。そうじゃありませんわ、伯爵」

　からかうような微笑で、カトリーヌは続けた。ええ、違いますわ。わたしは、ただ甘やかしたいだけ。伯爵を、赤ちゃんみたいに。

　ミラボーは苦笑を大きくした。わからんな、女の考えることは。カトリーヌのほうは、いよいよ楽しげでさえあった。ええ、きっと、そうでございましょうね。実際のところ、伯爵は御自分のことだって、なんにもわかっておられませんもの。

「こんなにも甘やかしたくなるくらい、どうして女に愛されるのか、伯爵、お答えになられます？」

「この醜面の賜物《たまもの》だろう。元来が女はゲテモノ喰《ぐ》いだからだろう」

「そんなことありませんわ。そんなものに女を虜《とりこ》にする魔力なんてありません」

「なのか」

「ええ、普通は愛されません。だから、伯爵という御人は、御自分が思ってらっしゃるように、女なら誰も彼もが抱かれたいと思う相手ではおありになられないのです」

「ならば、どんな男なら抱かれたいと思うのだ」

「決まっております。輝けるような美男の貴公子です」

ミラボーは胸を突かれた。とっさに思い出されたのは、ラ・ファイエット侯爵のことだった。灰汁《あく》の強さはないながら、確かに端整な美男子だ。オーヴェルニュに伝わる名門の出で、アメリカ帰りという綺羅《きら》もあれば、なるほど輝ける貴公子だ。

――だから、もてるというのか。

女に、ではない。大衆に、である。というか、その属性において、女と大衆は似ているというのが、ミラボーの持論だった。ああ、輝けるような美男の貴公子として、ラ・ファイエットは現に大衆に持て囃《はや》されている。今や国民衛兵隊の司令官である。

「それほど狂おしく想わないとしても、知的で人柄が誠実な方ならば、やはり女は悪く思わないものですよ」

だって安心できますもの、とカトリーヌは続けた。今度はバイイが思い出された。さほどの能もないながら、あの学者は相応に知性に富んで、しかも性格が真面目《まじめ》だった。確かに否めないところ、国民議会の議長が務まったというのは、その無難な美点に多くの議員が信を置いたためである。

「引き比べて、なにをしでかすかわからない不良貴族では、駄目なのだという話か。牢《ろう》獄《ごく》生活まで余儀なくされたような、いかがわしい前歴が臭《にお》うだけ、かつての放蕩児《ほうとうじ》など迂闊《うかつ》に信用できたものではないと、そういう話なのか、カトリーヌ」

答えを待たずに、ミラボーは今度は自嘲《じちょう》の笑みだった。その実の内心はといえば、打ちのめされた思いだった。なんとなれば、自問を強いられたからだ。仮に体調が万全で、仮に意気揚々とパリに乗りこめたとして、果たして俺は国民衛兵隊の司令官に選ばれただろうかと。万人の喝采に推挙されて、パリ市長の椅子《いす》に座れたものだろうかと。

――結局は報われようなどないのかもしれないな。

失われた人生を取り返すには、もう遅すぎたのかもしれないな。ミラボーが、らしからぬ落胆に捕われかけたときだった。その細い指を伸ばすと、カトリーヌは鬘《かつら》もつけない頭の上を泳がせて、自生する髪の毛だけ梳《す》くようにして動かした。

「不良貴族だとか、問題の放蕩児だとか、そんな悪口の種は醜面と同じ、伯爵の上辺の御姿にすぎませんわ。遠くから眺めたときに、いくらか目に留まるというだけです」

「近くでみると、違うのか」

「違うから、女は伯爵に狂うのです」

「で、どうみえる」

「痛々しくてなりません」

「はん、阿婆擦が、わかった風な口を叩《たた》くな」

そうやって退けながら、ミラボーは目の前にある二山の狭間に、今度は自分から鼻《び》梁《りよう》の峰を押しつけた。手まで添えて、突端の果実を口に含んでやると、やはりカトリーヌは息を乱した。ええ、ええ、少しはわかってくださいまして。

「でしたら、伯爵も女のこと、馬鹿にしないでくださいましね」

ミラボーは答えなかった。ただ心に続けたことには、はん、我ながら小心なものだなと。大騒ぎするまでもない。まだ高《たか》がパリの話ではないか。馬鹿な大衆が目先に捕われただけではないか。ああ、それくらい、俺なら取り返せないわけがない。

17——革命なったというならば

八月四日火曜日、憲法制定国民議会は議員の投票を集計して、ひとつの議決を得ようとしていた。議席から覗《のぞ》いたところでは、賛成票のほうが多かった気もするが、あるいは山が高かったのは、反対に投じられた用紙のほうだったかもしれない。

いずれにせよ、それぞれに重ねられた束を分けて、再度の確認ならびに票の確定が進められていた。新しく設けられた交替制で就任した、新しい議長ル・シャプリエの作業を見守りながら、ロベスピエールは喜びを禁じえなかった。ああ、投票結果もさることながら、そのこと以前に、ようやく議会らしくなった。

——ようやく仕事らしくなった。

議員の第一義は、病んだフランスを改革すること、皆で意見を出し合うことで数々の難問を解決し、万民を幸福に導くことにある。それが数カ月というもの、思うようにならないできた。

——いうまでもなく、貴族の悪意に悩まされ、政府の武力に戦慄《せんりつ》し……。しかし、そんなものは議員の仕事ではありえない。革命なったというならば、今こそ本来の職責を全《まっと》うしなければならない。そうやって意欲に燃えるロベスピエールの目からみて、この半月ようやくという感じながら、なんとか満足できる状態に進んでいたのだ。

憲法制定国民議会は平常の審議に戻っていた。すなわち、憲法の制定である。

——我々の手で、このフランスに新たな柱石を建てる。

それができれば、もう貴族の勝手は通用しない。国王政府の横暴も掣肘《せいちゅう》される。フランスのありとあらゆるものの頭上に君臨する、新しい時代の絶対者こそは法であり、その根本であるところの憲法だからである。それを打ち立てる偉業に参加していると思うほど、大きな張り合いを感じながら、ロベスピエールは今や前のめりになるくらいの勢いだった。

——その熱意に水をかけるような真似《まね》を、どうしてなさるのだろうか。

ロベスピエールは、わからなかった。ひとつ悩みがあるとすれば、ミラボーだった。

憲法制定の段取りも決が採られた最初の議論は、条文の制定に先がけて、なんらか宣言のようなものを採択するべきか否かというものだった。

ラ・ファイエット、バルナーヴを代表的な論客として、一方に賛成推進派があった。

民主主義の先例であるアメリカにも、独立宣言というものがある、簡潔な表現は新時代の原理原則を国民に知らしめるに多大な貢献をなしている、ゆえにフランスでも仮に「人権宣言」とでも呼べるような文言《もんごん》を採択するべきである、通じて議会の取組を広く国民に理解してもらうべきであると、それが一貫した主張だった。

「しかし、そんな大慌てに進めるような話でしょうか。なんといっても、重要なのは憲法です。にもかかわらず、人権宣言が先に出されてしまっては、その内容に、最高の価値であるはずの憲法のほうが、逆に拘束されてしまう羽目にも陥りかねない。それは本末転倒だとして、あくまで憲法を優先させれば、今度は人権宣言との間に矛盾が生じる。互いに調和させようと思うならば、最初に憲法、それから人権宣言という順番で進めていくのが筋でしょう」

そう反駁《はんばく》を繰り返す、他方に反対消極派があった。かかる論陣の代表格が、ラリ・トランダル、ムーニエ、マルーエ、なかんずくミラボーだったのである。

ミラボーは続けた。

「もちろん、人権というもの、つまりは人間に生まれながらに備わっている、諸々《もろもろ》の自然な権利というものはあります。これは疑う余地がない。高らかに宣言して、不都合があるでもない。が、かかる精神も法律によって、いったん明確に限定されないでは、世の仕組に反映させるに足らないのです。にもかかわらず、汎用《はんよう》にと申しますか、あるいは哲学的というほうが適当なのか、いずれにせよ最初に漠然とした表現を打ち出してしまいますと、しかる後に議会が法律として限定したとき、ここぞと一般論を盾に否認する向きも現れないではないだろうと、それが私が抱《いだ》いている危惧《きぐ》なのであります」

聞かされて、ロベスピエールは複雑な思いだった。

――伯爵には共感できない。

理屈として、ミラボーの危惧が通らないとは思わない。それだから宣言の内容を精査しようとか、はたまた宣言の採択そのものを取りやめようという論ならば、まだしも聞かないではない。が、宣言の採択自体には反対ではない、とはいえ後でも構わないではないかというような、ときに悠長にも感じられる態度となると、これは断じて認められなかったのだ。

ロベスピエールはといえば、賛成推進派だった。数々の問題を孕《はら》まないではないと認めておきながら、なお積極的に進めたいと考えていた。宣言の内容もさることながら、その採択時期も劣らず重要なのだと思うからだ。

――ああ、急がなければならない。

常識からして、憲法制定には時間がかかる。それこそ条文ひとつひとつを、徹底的に吟味しなければならないためだ。一七八九年のうちには、完成に漕《こ》ぎつけられないだろう。九〇年のうちに発布できれば、それで上出来といわなければならないだろう。だからこそ、宣言だけでも先に採択しておくべきなのだ。そうすることで、革命の成果を形にしておかなければならないのだ。

――今のうちに……。

そう焦る気分も、ロベスピエールにはあった。

貴族の亡命が相次いでいた。保守反動で知られた王弟アルトワ伯はじめ、第三身分の台頭を苦々しく眺めていた貴族たちが、続々と国外に脱出を始めたのだ。

いうまでもなく、きっかけは七月十四日の出来事だった。名もなき人々が軍隊を屈伏させ、バスティーユを陥落させたという事実が、貴族たちを打ちのめした。さらに決定打となったのが、続く十七日に行われた、ルイ十六世による晴れのパリ訪問だった。市政庁に渦巻いた歓呼の声に、さすがの頑固な連中も悟らざるをえなくなった。もはや王は議会と人民の側にあると。見捨てられた貴族に逆転の望みはないと。

――しかし、だ。

自ら敗北を認めるような貴族の亡命を横目にしてなお、ロベスピエールは楽観する気になれなかった。紛糾した全国三部会の日々にあって、貴族連中の抜きがたい特権意識と、頑迷と思えるくらいの執拗《しつよう》さを、幾度となくみせつけられてきたからだ。第三身分の勢いが否めなくなったからといって、簡単に引き下がるとは思われなかったのだ。

――貴族たちは必ずや逆襲する。

実際のところ、巷《ちまた》では今も「貴族の陰謀」という言葉が囁《ささや》かれ続けていた。貴族は外国に逃れたのではない。王の軍隊があてにならないと知って、今度は外国の軍隊をフランスに呼びこむつもりだ。そのためにオーストリア皇帝、スペイン王、イギリス王等々に派兵を持ちかけ、あるいはフランスに行けば略奪は好き放題だと勝手に約束しながら、自ら募兵にかかっている。そんな風に論じる陰謀説を、鵜呑《うの》みに信じるのではないとしても、ほとぼりが冷めた頃に図々しく舞い戻り、また大きな顔をするくらいはやりかねないなと、やはりロベスピエールは譲る気になれなかった。

——だからこそ、急がなければならない。

貴族が戻ってきても、もう幅を利かせる余地などないよう、大急ぎでフランスを改革しておかなければならない。

——でなくとも、ミラボーらしくないではないか。

非凡な政治力は、これまでも随所で発揮されてきた。ロベスピエールが観察して、大いに感服させられたところ、その優れた資質のひとつは時宜《じぎ》を逃さない果敢な行動力だった。いいかえれば、急げ、急げと叱咤《しった》するのは、常にミラボーのほうだったのだ。

——あるいは今度も裏があるということか。

なるほど、ミラボーには暗躍する策謀家の顔もないではなかった。それとも凡夫には気づきえない、また別な見通しがあるということか。なるほど、これまでも予言者さながらの鋭い洞察力に、何度となく驚かされてきている。

——それにしても今度ばかりは……。

集計が終わったようだった。議長ル・シャプリエは手元に落としていた目を上げると、その結果を議場に向けて発表した。以上百四十票差をもちまして、議決が得られました。

「憲法制定国民議会は、憲法制定に先がけて、人権宣言を採択することと決します」

ムニュ・プレジール公会堂の高天井に拍手が響いた。かかる決議で八月四日の議会は散会することになった。

議員たちは席を立ち、それぞれに議場を後にしようと動き出した。左右と語らいながら、あれよという間に列をなす。玄関に抜ける通路は狭い。いったん詰まれば、容易なことでは割りこめない。ロベスピエールは小走りになった。黒い法服の間を器用に縫いながら、呼びとめようとしたのは大きな背中だった。

「ミラボー伯爵、ちょっと待ってください」

ざわざわ私語が満ちていた。それでも呼びかけの声は届いたらしく、ミラボーは立ち止まった。いつもながらに、迫力満点の相貌《そうぼう》だった。不意に立ち止まられれば、後に続く面々は気圧《けお》されずには済まないのか、ただ追い越すにも大きく列を迂回《うかい》した。

とはいえ、こちらに振りかえった顔に、とりたてて不快の色は認められなかった。内心の無念を無理に押し隠すようでもなく、むしろ穏やかな表情は微笑さえ今にも浮かべそうだった。

追いついたロベスピエールは、それでも確かめることから始めた。ええ、人権宣言が採択されることになりましたね。

「残念ながら、伯爵の主張は退けられてしまいましたね」

「ははは、残念ながらというが、ロベスピエール君、恐らくは君だって、退けたほうの一人だろうに」

「まあ、それはそうなんですが……。伯爵としては、やはり納得できない結果ですか」

「いや、私は拍手していたよ。ああ、議会の総意は受け入れるつもりだ」

「あれだけ強硬に反対しながら、ですか」

「そうみえたかね。はは、私は声が大きいから、そう受け取られてしまうのかなあ」

「実は反対じゃなかったんですか」

「というわけでもなくて、反対は反対だったさ」

「それじゃあ……」

ミラボーは大きな手を差し出して、その先を制した。

「どうやら議論というものの作法を心得ていないようだ。いいかい、ロベスピエール君。大切なのは議論を通して、最善の結論が得られることだ。ところが、ひとりの人間の意見が常に最善ということはありえない。ゆえに反対意見が必要になる。言葉を足せば、反対意見というものは、見落とされていた点に注意を促し、あるいは足りないところを補い、そうすることで結論をより完成に高めるためにあるんだ。論者と論者は対立関係にあるんじゃない。むしろ共闘関係にある」

「それは、ええ、そうかもしれませんが……」

「かもしれないじゃなくて、そうなんだ。ああ、それこそ民主主義的な議論の方法というものさ。逆に君の頭にあるのは、論争なんじゃないかなあ。ひとりの権威が高論を唱える。また別な権威が別な高論を唱える。どちらが正しいか、喧嘩《けんか》になる。あげくに強いほうの権威は勝ち、弱いほうの権威は負ける。不可避的に勝者と敗者が出る。致命的な欠陥があったとしても、勝者の理屈は貫徹され、貴重な指摘をなしていようと、敗者の理屈は省みられることがない。それが論争であり、つまり論争とは封建的なものなんだよ。現に貴族どもは、そうやって第三身分を黙らせてきたわけだからね。自分たちの利益ばかり、追求してきたわけだからね」

理屈としては、納得するしかなかった。が、それと同時に、なんだか煙に巻かれたような気もした。それがミラボーの本音なのだろうかと、なおロベスピエールとしては疑念を禁じえなかった。

18——さらば、貴族よ

「やはり、ラ・ファイエットが気に入らないということですか」

と、ロベスピエールは切りこんでみた。アメリカ流を標榜《ひょうぼう》する宣言採択の賛成推進派も、なかんずくの急先鋒《きゅうせんぽう》なわけだが、そのラ・ファイエット侯爵は国民衛兵隊の司令官を兼ねながら、一躍にして議会屈指の有力者に成長していた。国王ルイ十六世の覚えもめでたいと噂《うわさ》があり、我こそ議会の雄と自任しているミラボーにしてみれば、面白くない相手であるに違いなかった。

——いうなれば政敵だ。

ラ・ファイエットを引きずり下ろしてやるために、どんな意見が出されても、とにかく反対してやるというならば、それとしてミラボーの動機は頷《うなず》けないではなかった。

「ああ、その通り」

ラ・ファイエットは憎たらしいな。特に美男の顔立ちが許せない。そうやって、ミラボーは笑い飛ばした。が、なおのこと納得できない。

冗談にして受け流し、どこまでも、はぐらかそうという腹なのか。私のような小物には本音を明かす必要がないという判断か。馬鹿にされたようにも感じて、いくらか憮然《ぶぜん》となりながら、ロベスピエールは続けた。ラ・ファイエットを認められないとして、です。本当なら自分がと、伯爵の御自負が胸に疼《うず》かないではないとして、です。

「それでも革命は前進させなければならないでしょう」

「そうだな」

特に抗《あらが》うのでもなく、今度のミラボーには投げやりな風さえ感じられた。とすると、どうでもよいというのが本音なのか。議会の総意を受け入れるとか、反対意見を述べたのは最善の結果を得るためにすぎなかったとか、常に淡々としていられるのは、憲法も、人権宣言も、革命までが、もはやどうでもよいからなのか。

「いや、伯爵にかぎって、そんなはずはない」

話しながらも歩き続けていたので、もうムニュ・プレジール公会堂の玄関を出るところだった。建物ひしめく通りの暗がりを抜けながら、議員たちは各々でヴェルサイユのあちらこちらに流れていく。

今なら余人に聞かれる心配もない。であるならばと、ロベスピエールは考えてみた。ミラボーの真意を確かめるためにも、ひとつ例の話を打ち明けてみるべきだろうかと。

ブルトン・クラブに集う議員百人ほどで、秘密に進めている発議があった。ロベスピエールも首謀者のひとりだったが、その計画を打ち明けて、ミラボーにも共闘を頼むべきか。それとも反故《ほご》にされかねないと警戒して、ここは言葉を控えるべきか。うん、とロベスピエールは頷いた。伏せても意味はない。ミラボーのことだ。誰かから持ちかけられて、すでに耳にしているかもしれない。

「ミラボー伯爵、封建制廃止法案については……」

「ああ、ブルトン・クラブの。聞くだけは聞いているよ」

やはり、そうだったか。ひとつ安心しながら、ロベスピエールは先を続けた。

「それで、伯爵のお考えは」

「別に反対はしない」

またしても興味なさげな返事だった。もうミラボーは本当に、どうでもよくなっているのだろうか。だとしたら、それ自体が許されざる裏切りだとも感じながら、ロベスピエールは苛立《いらだ》ちに捕われ始めた。

「ということは、賛成もなさらないと、そう受け取ってよろしいわけですね」

「それは、そうだ。いきなり、さらば、貴族よ、という理屈なわけだからね」

貴族が亡命しただけではない。この機会に貴族そのものを無くそう、つまりは身分という社会制度自体を廃止しようという動きがあることは事実だった。

封建制廃止法案などは最たるもので、貴族の拠《よ》り所である領主権、つまりは先祖から伝えられて、自らの領地を有し、そこで年貢を徴収し、のみならず領民を裁判にかけられるという権利を、これきりで撤廃してしまおうというのである。

「御自身が貴族の出であられる伯爵としては、おもしろくないと」

「私は第三身分の代表議員だよ。とうに貴族は捨てている。貴族、貴族と肩肘《かたひじ》はってみたところで、私の場合は親に廃嫡《はいちゃく》された放蕩者《ほうとうもの》で、領地ひとつ譲られなかったわけだしね」

「そうすると、問題というのは」

「強いていえば、やや性急すぎる感がないではないことかな」

「そうですか」

と、ロベスピエールは引きとった。ミラボーに指摘されるまでもなく、急ぎすぎているという印象は、自身が抱いてないではなかった。

新しいフランスに貴族はいらない。封建制など過去の遺物にすぎない。そう頭では割り切れる話も、実際に世のなかを変える段になると、こんなに大急ぎで断行してよいのだろうか、なにか思いがけない事態が生じるのではないかと、とたん際限のない不安に襲われてしまうのだ。

――なんとなれば、アメリカとは違う。

フランスでは貴族は遠いイギリスにいるだけの、観念的な存在ではなかった。ほんの数日前までは袖《そで》が触れ合う近くにいて、この国の主役然とした大股《おおまた》で通りを闊歩《かっぽ》していたのだ。その姿こそ癪《しゃく》なのだと、いっそいなくなればよいのにと、どれだけ憎んでみたところで、それはきちんと血肉が備わる存在だった。

――切り取ろうとすれば、痛みが伴うのは当然だ。

が、それを乗り越えなくては、新しいフランスなど築き上げられるはずがない。ああ、間違いを犯すわけではない。その正しさには、ひとつの疑念も抱きえない。

――不安というより、戸惑いなのかもしれないな。

とも、ロベスピエールは自分の心を分析していた。ほんの少し前までは、革命が本当に起こるなどとは考えていなかった。全国三部会が召集されたときも、これで第三身分の不満を表明できると、それくらいの腹づもりでしかなかった。

貴族がいなくなるなどとは、もちろん想像もしていない。憲法の制定とて、まさに書物のなかでの物語でしかなかった。第三身分が主導権を握れるなどとは、夢にも考えていなかったのだ。もう思うがままに世界を変えてよいのだといわれるほどに、しばし茫《ぼう》然《ぜん》とせざるをえないのだ。

――今こそ導き手が欲しい。

にもかかわらず、頼れるはずのミラボーは、ここに来て俄《にわ》かに背を向けるような素ぶりなのだ。内心の怒りに弾《はじ》かれて、ロベスピエールは顔を上げた。

「遅かれ早かれ、理想の社会は実現しなければいけませんよ」

そのためなら汚れることも、苦しむことも覚悟のうえです。策だって用います。裏工作だって逞《たくま》しくします。全ては理想を実現するためなのです。そう続けると、ミラボーは冷やかすように肩を竦《すく》めてみせた。だから、私は反対はせんよ。

「ただ、少し気にならんではないなあ」

「なんです」

「それは本当に理想のためかね」

ロベスピエールは答えに窮した。ミラボーが仄《ほの》めかした図式とて、意識してこなかったわけではなかった。

七月十四日のパリを手本に、フランス全土が動き出していた。多くの都市で騒擾《そうじょう》が発生し、パリが商人頭を頂点とする寡頭《かとう》体制を倒したように、それぞれにアンシャン・レジームを撤廃し、また旧来の支配層を追放しながら、新しい自治の仕組を打ち立てたのだ。

また農村も遅れるものではなかった。いや、むしろ、いっそうの混乱に見舞われていた。こちらはパリの蜂起《ほうき》さながらに、手に手に即席の武器を掲げて、自分たちのバスティーユを襲い始めたのだ。

すなわち、領主の城である。「貴族の陰謀」が囁《ささや》かれ、外国の軍隊が呼びこまれるという恐怖に直撃されるほど、その行動は過激の度を増していった。城を襲い、領主権やらの証《あかし》とされた古文書《こもんじょ》をみつけては、次から次と燃やしてしまい、のみならずパリが入市税関を焼いたように、鳩小屋《はとごや》に火をつけ、あるいは兎小屋《うさぎごや》を破壊したのだ。

昨今名前がつけられた「大恐怖《グラン・プール》」の事態である。ミラボーは続けた。今やフランスは、ほとんど無政府状態だよ。革命でアンシャン・レジームが倒れながら、なお新生フランスは起動するにいたらず、いってみれば、権力の空白状態が生まれているのだ。

「といって、全土の暴動を武力で鎮圧してしまえば、たちまち我らは自己矛盾に陥ってしまう。パリとヴェルサイユに軍隊を動員した、政府と同じ真似《まね》はできないわけだ。あげくに考えついた苦肉の策が、封建制の廃止を宣言して、万民を落ち着かせて、とにもかくにも平和を取り戻そうという一計なわけだ。ああ、他に手はないだろうから、反対はせんよ。けれど、理想のためと胸を張れる話でもないのだから、心から賛成するわけにはいかないなあ」

「けれど、封建制の廃止は悪い話じゃない。それに人々を欺くわけでもありませんよ」

「ならば聞くが、人々が暴れたら、悪いのかね」

「極端に秩序を乱すようだったら、それは……」

「はは、殺されたパリ商人頭のような口ぶりだな」

「つまりは、だ、ロベスピエール君。議員の大半は貴族でなくとも、ブルジョワなのだ。都市が荒れていては、会社経営が成りたたん」

「それは、そうかもしれませんが……」

「それにブルジョワの多くは地主でもあるんだよ」

「封建制の廃止とは、なんの関係もありません。地主であっても、領主ではありませんん」

「けれど、農民に暴れられて、困るというのは同じだろう」

ロベスピエールは再び言葉に窮した。そうする間もミラボーは止《や》めなかった。封建制廃止法案を通したいというが、その動機は世の暴動を鎮めたい、できないままではブルジョワの利益が損なわれるという、いってみれば根のところに利己心がある話なんだ。

「それは本当に世のためになるんだろうか」

「なりますよ」

「とすれば、ブルジョワのためにはならない。あのとき封建制廃止法案を通さなければよかったと、あとになって後悔する議員も少なくないぞ。あげくに法案を骨抜きにしようとしたり、前言を翻したりすることになったら、今度は民衆のほうが面白くない。欺かれたと、怒り出さないともかぎらない」

「…………」

「…………」

「人権宣言にしても同じだよ。高らかに理想を謳《うた》いたいのは、わかる。けれど、迂闊《うかつ》に打《ぶ》ち上げれば、あとで嘘《うそ》になってしまう。嘘になれば、それに怒る人間が出る。革命なんて、まやかしだ。貴族がいた頃のほうがよかった。アンシャン・レジームのほうが生きやすかった。そんな風に臍《へそ》を曲げられ、元の鞘《さや》に戻るという話にでもなれば……」

「なりません。ええ、封建制の廃止も、人権宣言も、決して嘘にはさせません」

「そう願いたいものだね」

ミラボーがまとめたとき、馬車が路肩に寄せてきた。御者《ぎょしゃ》が降りて、扉を開けると、大男は頭を低めて、すぐさま乗りこもうとした。伯爵さまの御迎《おむか》えということらしい。

去り際にミラボーはいいおいた。けれど、ロベスピエール君。これだけは覚悟しておきたまえ。利害の調整は困難を極めるぞ。人間なんて、元来が自分のことしか頭にない生物だからね。それを承知で、なお万民を納得させようとするならば、これは、もう、魔法でも使わなければ、収拾がつかないだろうさ。

19——人権宣言

八月四日、国民議会は封建制の廃止を決議した。緊急動議がかけられたのは、夜八時のことだった。

大半の議員がわけもわからず、とにかく議場に詰めさせられた。それを演台で迎えたのが、ラ・ファイエット侯爵の義兄にあたるノアイユ子爵、王国随一の大領主として知られるエギヨン公爵ら、世に開明派貴族と呼ばれる議員だった。その口から出し抜けに語られたのが、封建制廃止法案の発議だったのだ。

議場は熱狂的な勢いで、それを支持した。なにせ自ら封建制を体現しているような人々から、鷹揚《おうよう》にも領主の権利を手放そうという提案がなされたのだ。

ブルトン・クラブの策略があたっていた。あたりすぎたというのは、貴族のみならず、都市や州というような法人格に与えられていた諸々《もろもろ》の特権まで、綺麗に廃止されたからだった。

すなわち、これからは免税都市も、三部会州もなくなる。フランスは全てが同一の法の支配に服する、どこも等質な国土となる。

もちろん、領主権、貴族特権の類《たぐい》は満場の喝采《かっさい》をもって廃止された。

貴族の免税特権は廃止、領主の裁判権も廃止、農奴制、賦役《ふえき》強制等々の一切の人身的貢租《こうそ》は廃棄され、ただ物的貢租に関してだけは有償での撤廃となった。地主として年貢を取る権利だけは、一種の所有権とみなしうるため、土地を農民が買い戻すという形で封建制の廃止が進められることになったのだ。

——不満は残るが、まあ、仕方がない。

いずれにせよ、封建制の廃止という言葉は、多大な神通力を発揮した。フランス全土の騒擾《そうじょう》は徐々に鎮静化の方向に進んだ。かくて落ち着きを取り戻しつつあった八月二十六日、議会が連日の草案審議で出したのが「人間と市民の権利に関する宣言」、いうところの人権宣言だった。

——フランス人の、いや、まさに人類の金字塔だ。

ロベスピエールは感動した。何度読み返しても、そのたび感情の昂《たかぶ》りに襲われて、息が詰まる。

「前文、国民議会の名においてフランス人民の代表は、人間の諸々の権利に関する無知、あるいは忘却、あるいは軽視が、公の不幸ならびに政府の腐敗を引き起こす専らの因《もと》であると考えながら、人間に自然と備わっている、その譲ることができない神聖な権利のことを、ひとつの厳粛な宣言において、きちんと打ち出しておきたいと意を決した」

そもそもの始まりは王国の財政難だった。貴族が担税を拒んだために国政が紛糾して、事態は全国三部会の召集に進んだ。連中は免税される権利があると考えたのだ。が、そこで第三身分が発言権を要求すると、今度は議事を紛糾させた。国政に影響力を振るう権利についても、自分たちだけのものだと信じたからだ。

つまるところ連中の頭では、権利といえば、特権のことだった。先祖から譲り渡された権利、王に与えられた権利、自分たちに特に与えられた権利ばかりが権利なのだと考えて、全ての人間に生来備わっている権利のほうには、思いも及んでいなかった。が、それは人類が無知な時代の古ぼけた了見にすぎないのだ。人権に開明した現代においては、その誤謬《ごびゅう》を正さないでは始まらないのだ。

これからの社会は少数者の特権でなく、万人の人権に基づいて建設される。そのことを、きちんと示しておかなければならない。

「その意図するところは、いつでも読めるように整えられた当該宣言を通じて、ともに社会を築き上げる全ての成員に、自らの権利と義務とを絶えず意識させるためであり、さらに立法権のふるまい、執行権のふるまいについても、政治の制度というものが本来的にめざすべきところのものと、常に比べて吟味できるようにしておくことで、それを社会の全成員がより感服しうる高みに昇華させるためであり、またひとつ加えるに、向後《こうご》市民として何か要求するからには、この簡潔で異論の余地なき諸々の原理に基づかねばならないのだとわからせ、それを常に憲法の維持と万人の幸福とに向かわせるためである」

そうして新しい時代を拓《ひら》く意志を述べたあとに、本文が始まる。

「第一条、人間は生まれながらにして自由であり、権利において平等である。社会差別は、公の利益にかかわるときのみ、やむをえないものとされる」

なにものかの支配に甘んじるのでない自由。貴族も、平民もない、誰もが同じ国民であり、市民であるところの平等。かかる新しい価値を打ち出した第一条こそ全てだ、とさえロベスピエールは思う。実際のところ、残りの条文は第一条を詳しく注釈したものにすぎない。

「第二条、政治的な結合の目的は、人間に自然に備わる不滅の権利を守ることにある。その権利とは、自由、所有、安全、および圧政にたいする抵抗である」

すなわち、また政治も誰かが支配を行うためにあるものではない。これからの政治はルソー流の社会契約の観念で行われるのであり、その主体は名もなき人民ということになる。不利益を感じたならば、それを強いる政治のほうが明らかに不当なのであり、これと戦うことこそ正しい権利となる。裏を返せば、

「第三条、主権の根源は本質的に国民にある。いかなる団体も、いかなる個人も、はっきりと国民に根ざしているとわからないような権力は行使できない」

からである。そうした社会では自由が最大限に認められる。法律でさえ、国民であり、市民であるところの人々には逆らいえない。

「第四条、自由とは他人を害しないかぎりなにをしてもよいという意である。ということは、個々人が人間に自然に備わる権利を行使するときは、社会の他の成員にも同じ権利を約束するために設けられる、若干の範囲によってしか制限されない。その範囲は法律によってしか、定められえない。

第五条、法律は社会にとって害ある行為しか禁止できない。法律で禁止されていない一切は妨害されえず、また法律が命じていないことをせよとは何人《なんぴと》も強制されない。

第六条、法律は一般意志の表現である。すべての市民は自ら、あるいは自らの代表を介して、法律の作成に参加する権利を持つ。法律は保護の手をさしのべる場合であれ、処罰の手を伸ばす場合であれ、誰が相手でも同じようでなければならない。全ての市民は、法律の観点では皆が平等であることの必然として、その能力に応じて、さらにいえば、その徳性と才能を見分けられる他には一切差別されることなく、同じ条件で、ありとあらゆる公的な位、地位、職に就くことができる」

最後の部分は売官制という悪習を抜きには語りえない。フランスでは全ての公職が株のように売買でき、また土地のように相続できるものだった。その公職を持つ輩《やから》が往々にして貴族なわけだが、それを政府が気に入らない、首にしたいと考えても、そのときは役職につけられる相場の値段で買い戻さなければならなかったのだ。

まさに国家の私物化である。のみならず、これではフランスが良くなるわけがない。官吏の息子は読み書きすらできなくても官吏になれ、将校の息子は馬に乗ることさえできなくても将校になれるからである。

かたわらで、いくら能力があろうと、貴族の生まれでなく、家が公職を持たなければ、せいぜいが下働きで終わってしまう。要するに有為の人材が活かされない。ロベスピエールにいわせれば、それは個人の不幸であるのみならず、国家の損失なのである。

「第七条、何人も法律で定められた場合の、法律が定めた形式によるのでなければ、訴追されたり、逮捕されたり、拘禁されたりすることはない。恣意的《しいてき》な命令を要請し、発令し、執行し、または執行させる者は処罰される。かたわら、市民であるなら法律に基づいて召喚され、あるいは逮捕された場合は速やかに従うべきであり、抵抗すれば罪に問われる」

この条文の策定には、この私も関わっている。そのことを合わせて思えば、ロベスピエールの高揚感は、いよいよ狂おしいばかりになる。「恣意的な命令」とあるところを、「自由を害するような全ての恣意的な命令」とするべきと提案した議員タルジェに対した、それと限定する必要はないと反論して、容《い》れられたという程度の話にすぎなかったが、ほんの小さな貢献であれ、偉大な人類の金字塔に関与することができたのだ。

「第八条、法律は厳しい目で吟味し、明らかに必要と思われた刑罰しか定めてはならないのであり、また犯罪行為の前に制定され、公布され、また正しく運用されていた法律によるのでなければ、何人たりとも処罰されない。

第九条、どんな人間も有罪宣告を受けるまでは無罪と推定されるがゆえに、逮捕するべきであると判断された場合でも、その身柄を確保するために必ずしも必要でない苛酷《かこく》な仕打ちは、法律で厳に抑止されなければならない」

封印状ひとつで逮捕され、裁判もなく拷問され、あるいは投獄されるというフランス政府の悪癖も、これを機会に正されなければならなかった。なにせ、ほんの先月までは国民議会の議員までが、不当な逮捕を心配しなければならなかったのだ。そんな風では、いくらフランスのためであっても、満足に発言できるわけがないのだ。

「第十条、その表明が法律により確立された公の秩序を乱すものでないならば、たとえ宗教に関するものであれ、何人も自らの意見を理由に迫害されることがない」

条文の「たとえ宗教に関するものであれ」を巡っては、議事の紛糾をみた。その程度の消極的な文言《もんごん》に留《とど》まらず、別に一条を設けて、カトリックを国教と定める旨を宣言してもらいたいと、聖職代表議員が挙げて要求したからである。

これにラボー・サン・テティエンヌはプロテスタントの牧師という立場から猛反対した。が、ロベスピエールにいわせれば、それも的外れな議論であり、つきつめられるべき論点は、神か、自由か、なのである。

どんな宗教も特別視されるべきではない。宗教上の意見が重くなるならば、それこそ公の秩序を乱さないともかぎらない。そう論じる議員もロベスピエールだけでなく、かくて議会を二分する大論争が起きた。十条に盛りこむことで収めたものの、ひとまずの妥協が成立しただけで、この問題は憲法条文の審議で再考されるべきとされた。

「第十一条、思想および意見の自由な伝達は、人間に与えられる最も尊い権利のひとつである。ゆえに市民は誰もが自由に話し、書き、印刷することができる。ただし法律により定められた場合には、その自由の濫用《らんよう》に責任を負わなければならない」

これにはロベスピエールは不満である。草案では「他人の権利を害しないかぎり」、誰もが表現の自由を認められるという程度の制限だった。いや、いかなる制限も設けるべきではないと、そうまで考えていたというのに、条文ではラ・ロシュフコー公爵の提案で法律うんぬん、濫用うんぬんと、さらに重い制限が加えられることになったのだ。

「第十二条、人間と市民の権利を護持するためには、公の武力が必要である。この武力は万人の利益のために設けられるのであって、その武力が委託された者たちの個別の利害のために設けられるものではない。

第十三条、公の武力を維持するためにも、行政の費用を賄うためにも、共同の担税が不可欠である。それは経済力に応じて、等しく全ての市民に割り当てられなければならない。

第十四条、全ての市民は自ら、または自らの代弁者を通じて、公の担税の必要を確かめ、自らの意志で同意し、その使途を追跡し、その負担額、課税方法、徴税方法、施行期間を決定する権利を有する」

草案では、冒頭に「担税とは市民それぞれの財産から一部が切り取られることである」と断られていた。従来の庶民意識からすれば、わからない心情ではないながら、それをロベスピエールはデュポール一派と共闘しながら削除する方向へと導いた。これまでも財産は公共の利益のために公的機関に委《ゆだ》ねられているにすぎなかったし、でなくとも、これからは国民であり市民である人々が国家の主権者なのだ。自ら進んで担税するのが本当であり、社会の運営においては決して受け身であってはならない。

「第十五条、社会は全ての行政官に対して、その公務について報告を求める権利を持つ。

第十六条、どんな社会も、諸々の権利の保障が確定しておらず、また権限の分立も確立されていないようでは、憲法を持っていないも同然である。

第十七条、所有は神聖不可侵の権利であり、法に適《かな》うと確かめられた公の必要が、はっきりと要求している場合で、しかも正当な額の、事前の補償を与えられるという条件においてでなければ、何人も所有を奪われることはない」

最後は不完全な封建制廃止決議にも関連していて、ということは、ロベスピエールは必ずしも納得できたわけではなかった。が、やはり仕方がない。時間に余裕がない状況で、もとより完璧《かんぺき》が求められる話でなく、なにより人権宣言の斬新《ざんしん》な内容は、不完全であったとしても、なお人類の歴史に飛躍的な進歩を約束していたのである。ああ、最善を尽くした。世界に誇れるだけの偉業をなした。我ら憲法制定国民議会は大きく胸を張ってよい。

20――王の拒否権

――問題は王だ。

その現実に引き戻されると、とたんロベスピエールは怒りを禁じえなくなる。光り輝く宝物に、泥を塗られた気分がする。裏切られたとさえ思わないではいられない。

封建制の廃止も、人権宣言も、ルイ十六世は認めようとはしなかった。人権宣言のほうは厳密な意味での法ではないとして、少なくとも封建制の廃止については、八月四日の議会で正式に決議されたものだった。それを王は批准《ひじゅん》しようとしなかったのだ。

「ルイ十六世は革命を支持していたのではないのか」

「いや、まだ王は理解されるにいたっておられないだけなのだ」

懇《ねんご》ろに説明してさしあげれば、きっと支持してくださるに違いない。そうした主張が今は議会を宥《なだ》めていた。あるいは声の大きさで、反論を圧倒したというべきか。

「ああ、このミラボーに任せておけばよい」

そうやって、どんと胸を叩《たた》いてみせられるほど、ロベスピエールは釈然としなかった。ああ、王が王なら、またミラボーもミラボーだ。

――なんだか、おかしい。

いよいよ、おかしい。ミラボーは八月四日の議会を欠席していた。封建制廃止法案を決議した夜のことだが、そんなもの、どうだって構わないだろうと、ロベスピエールは鼻で笑われた気分だった。当然ながら不愉快だったが、それは事前に予想された話である。

――解《げ》せないのは、八月十七日の議会だ。

ミラボーは自ら筆を走らせて、人権宣言の草案を出してきた。文面の策定は、複数の作業班に分かれて、それぞれが起草したものを、議会の審議にかけるという形で進められていた。その作業班のひとつを仕切るや、巨漢は似合わないくらいに緻密《ちみつ》な文章を出してきたのだ。

問題は、その中身ではない。ミラボーは草案を明らかにしたあとで、しかしながらと続けたのだ。

「しかしながら、最後に付言させていただきたい。正式な憲法が定められる以前に、こうした宣言が出されることについては、やはり不都合を感じざるをえなかったと。自ら文面を作るほど、危険であるときさえ感じられました。なんとなれば、文章は残るのです。

憲法との間に齟齬《そご》が生じてしまった場合、この文章を盾に取られる可能性は高いのです」

熱弁を振るいながら採択延期を主張して、要するにミラボーの試みは、すでに決した議論の蒸し返しだった。が、憲法制定の前に人権宣言を採択する、これは決定事項なのだ。

――それを覆すためだけに、わざわざ草案を作ったのか。

その膂力《りょりょく》の凄《すさ》まじさには呆《あき》れるやら、思い返して戦慄《せんりつ》するやら。いずれにせよ、ロベスピエールの疑念は深まるばかりだった。なにが最善の結論を得るためだ。なにが欠点を補足して、より完全に近づけるための反対意見だ。どうでも人権宣言は阻んでやると、それがミラボーの本音なのではないか。封建制廃止法案を批准するよう、王に説得を試みるというが、それも自らの手のうちに確保して、なし崩し的に廃案にする腹ではないのか。

もちろん、ミラボーの提案は退けられた。草案も採用されず、正式に採択された「人間と市民の権利に関する宣言」の叩き台に用いられたのは、シャンピオン・ドゥ・シセを中心に作られた第六班の草案だった。

――当然だ。

思うがままに議事を壟断《ろうだん》する感さえあったミラボーも、いまや議会の主流から外れた感が否めなくなっていた。ああ、当然だ。皆の熱意を斜めにみながら、ことごとくの試みにケチをつける風なのだ。

——声の大きさは健在だ。

九月一日、その日もミラボーは議場に詰めるや、議長に発言を求めて演台に立っていた。

「ええ、ですから王の拒否権だけは絶対であるべきなのです」

八月末から、王の拒否権という議題が議場に上げられていた。すなわち、向後《こうご》制定されるべき憲法の文面において、議会が議決した法案を認めず、実効力ある法律として発布しない権限を、王に与えるべきか否かという問題である。

ある意味では新生フランスの針路を左右する、重要な案件だった。これが俎上《そじょう》に載せられると、ミラボーが主張したのが、国家元首たる王は無条件かつ無制限に法案を拒否できるという、絶対拒否権だったのである。

——もう我慢ならない。

ロベスピエールは強く奥歯を嚙《か》み締めた。人民の権利を定めるときとなると、どうでもよいと軽んじるような態度を通し、あまつさえ反故《ほご》にするような言動を示すくせに、それが王の権利を定める段になると、とたんに熱を入れ始める。ああ、みえてきた。やはりミラボーは、そういう男だったのだ。

「しかし、それでは国家の主権が王に存することになりませんか」

ガタンと耳障りな音がした。椅子を蹴る勢いで、ロベスピエールは立ち上がった。背伸びまでして小柄な身体《からだ》を突き出しながら、議場に声を投じたのだ。ああ、もう勝手を許しておくわけにはいかない。ああ、誰かが止めなければならない。

「そうだ、そうだ」

と、野次が続いた。主権は人民のものだ。その代表である議会を軽んじるなど、言語道断の了見ではないか。

ロベスピエールは励まされる思いだった。私はひとりではない。やはり多くが同じ種類の憤懣《ふんまん》を抱えていた。自分の勇気を奮い立たせて、いったん声を上げてしまえば、それを支持する議員は跡を絶たないのだ。

「そうは思いません」

あちらのミラボーも答えてのけた。ええ、主権は人民のものです。けれど、国家を運営していく際の権限は王と議会の間で分有されるべきだというのが、私の考え方なのです。

騙《だま》されないぞと身構えながら、ロベスピエールは応じた。いや、分有になるとも思えません。

「つまるところ、議会は独力では法律を作れないのですよ。王に反対されてしまえば、それきり人民の意思が通らないというのですよ。いいかえれば、たった一人の人間の了見で、数百万を数えるフランス人全体の望みが退けられることになる」

「人数の問題ではありますまい。議会を国家の立法権とするならば、王は国家の執行権ということになる。それぞれが他方の権利を認めたうえで、ともに協調していくべきでしょう。相手の意見を尊重して、常に耳を傾けるべきでしょう」

「できるわけがない。最後には王の主張が通るというなら」

「最後には議会の主張が通るように、王には条件付拒否権を与えてはいかがか」

発言したのは、ペティオンという議員だった。

ぎょろりと大きな目玉に見事な鷲鼻《わしばな》を合わせた、ハヤブサとかチョウゲンボウとか猛《もう》禽《きん》を思わせる相貌《そうぼう》ながら、その中身をいえば物静かな、むしろ典型的な知性派である。議場にあっても自分が自分がと、無理にも前に出ていこうとする手合いではない。が、かわりに君が君がと、周囲から前に押し出される。

ジェローム・ペティオンはシャルトル管区の選出だが、一七八二年に民法と裁判行政に関する論考を発表して、すでに地元では高名を博していたという。先進的な内容が世人を瞠目《どうもく》させたからだが、封建的諸権利の有償撤廃等々、今日の革命の成果を先取りしていたと聞けば、なるほど納得の顚末《てんまつ》である。

――静かなる実力派。

誰かとは正反対だ。その人柄は誠実。その理想は高潔。まさに逸材というべきペティオンは三十三歳と、その年齢をいってもロベスピエールより二歳上なだけだった。同じ弁護士出身という点でも、親近感は言を俟《ま》たない。議会有志のなかでも、特筆するべき盟友なのだといってよい。二歳下の二十九歳というエヴルー管区選出議員、ビュゾと合わせた三羽烏《さんばがらす》として、最近とみに行動をともにするようにもなっている。

そのペティオンが発言にかかっていた。期待の発言だ。ええ、つまりは時間的な制約を設けるのも一案でないかと。

「王の拒否権は、例えば議会の二会期中にかぎって、有効であると制限するような。ええ、それなら、話し合いの時間も設けられるでしょうし」

「いや、やはり王の拒否権は絶対であるべきです」

ミラボーは譲らなかった。ええ、さもなければ、議会が強くなりすぎる。王が議会を監視し、また牽制《けんせい》する権能を持たなければ、それが独断専行を始めたときに、もう誰にも止められなくなる。

「いってみれば、王の拒否権はフランスという国家の安全弁なのです」

「なにが安全弁だ」

「逆だ。逆だ。監視されるべきは、むしろ王の横暴のほうだろう」

「王が独断専行に走れば、そのときは、ぜんたい誰が止めるというんだ」

野次が相次いでいた。ミラボーに浴びせられた言葉には、今こそといわんばかりの勢いさえ感じられた。その迫力満点の相貌と声の大きさに気圧《けお》されて、これまでは無理にも抑えつけられてきた。その屈辱を相手が孤立している今こそ晴らすのだとばかりに、議員たちは嵩《かさ》にかかって吠《ほ》えたてたのだ。

――が、総がかりで攻めたところで、高《たか》が犬では……。

不本意ながら、それが居合わせたロベスピエールの印象だった。ああ、きゃんきゃんと、飼い犬が皆で吠えたてたところで、相手は猛々《たけだけ》しい獅子《しし》なのだ。

実際のところ、ミラボーには少しも動じた様子がなかった。それどころか、ずいと顎《あご》を上げたまま、なお直立を続ける姿勢はといえば、孤軍奮闘で劣勢の体《てい》であればこそ、かえって万人に秀でた勇気のほどを物語るようだった。

――これだけの人物なのに……。

ロベスピエールは再び奥歯を強く嚙んだ。嚙み締めたのは、また別な感情だった。

21――新たな危険

「王を止める必要はありますまい」

ミラボーには、また自分を止める様子もなかった。暴論のようにも響いたが、そう断じた刹那《せつな》の迫力に呑《の》まれて、しばらくは誰も声が出なかった。取り戻された静けさに、淡々と理屈が投じられていった。というより、そもそもが止めるも、止めないもありますまい。

「なんとなれば、王は御自身からは、なにも始めることがない。ええ、革命はなったのです。もはや状況が一変しているのです。新しい法律を作るのは、これからは議会だけだ。それを王は自らの内閣、自らの官僚、自らの軍隊を通じて、淡々と執行するだけだ。あるいは自ら発議を行うにしても、その法案は議会を通過しないでは法律になりえません。法が君臨する今にして、王には独断専行のしようがないのです」

理屈としては、ロベスピエールも耳を傾けないではなかった。確かに、そうだ。これからの王は、そうだ。が、だからといって、絶対の権限を与える理由にはならない。議会に独断専行の危惧《きぐ》があるとは思えない。

ミラボーは続けた。王ではない。新たな危険は議会のほうにあるのだと自覚しようではありませんか。なんとなれば、また議会も多くの人間が寄り集まる集団なのです。ときに責任の所在が曖昧《あいまい》になってしまいます。ときに付和雷同に流れる嫌いも否めません。知らず過激に走る場合もないではないのです。

「にもかかわらず、自らが法を作り、それを拒否される心配もない、換言すれば、なにも怖いものがないとなってしまった日には、議員自身が増長しないともかぎりません。そうなったら、自らの保身に有利な法律ばかりを通過させて、実質的な特権を築き上げて、あれだけ貴族を責めながら、自らが新たな貴族と化すだけだ」

「それはない」

ロベスピエールは今度は即座に応じた。応じなければならないと、心は切迫するばかりだった。なんとなれば、ミラボーは予言者めいた言葉を並べてしまったのだ。その種の言葉は往々にして、現実のものになってきたのだ。が、それだけは断じて認めることができない。

「ええ、貴族になどなりません。議員は世襲ではないのです。選挙で選ばれているのです」

「けれど、ロベスピエール君、当選がみこめるのは、金持ちブルジョワだけだろう」

こたびの選挙は、さておくとして、改選を繰り返すほど、事実上の世襲になるような気がするぞ。そうミラボーが続けると、再び野次の嵐《あらし》が起きた。

「ブルジョワが議員になって、なにが悪い」

「我らを金で議席を買った輩《やから》と愚弄《ぐろう》するつもりなのか」

「裕福であることは罪ではあるまい。我らは徒《いたずら》な放蕩《ほうとう》に淫《いん》しようとは思わない。それどころか書物を読み、教養を高めている。国を導こうとする熱意において、日々良識を鍛えている。そのブルジョワの、全体なにが悪いというのですか」

「大体がミラボー伯爵、あなたこそ貴族ではないか。それも怠惰な放蕩生活に流れて、あげくに借金で首が回らないというような、駄目な貴族の見本ではないか」

ロベスピエールは困惑した。理屈の是非は措《お》くとして、自らを必死に肯定しようとしたとき、ブルジョワ議員たちの横顔は世辞にも美しいものではなかった。もしや図星を突かれたということなのか。これからのフランスは金持ち中心の社会にしたいと、それが本音ということなのか。

引き比べるほど、孤高の体のミラボーは威厳に満ちて、また遥《はる》かに美しく感じられた。

――が、この男を認めることはできないのだ。

やはり、できない。その魅力に巻きこまれるわけにはいかない。むしろ張り合えるくらいに美しくありたいと思うなら、また私も独りにならざるをえないのかなと思いながら、ロベスピエールは混乱の議場に介入した。まってくれ、まってくれ。これでは議論が混乱するばかりだ。論題を見失うばかりだ。

「やかましい」

ミラボーが声のかぎりに吠えた。今こそと嚙《か》みついていたはずなのに、また議員たちは野次の言葉を呑みこんだ。

演台に黙礼だけして感謝すると、ロベスピエールは取り戻された静けさに言葉を投じて、話を改めることにした。ええ、なんだか、議論が本筋から外れてしまったようです。ミラボー伯爵、あなたの言葉はそれとして聞くところがないではありませんが、かたわらで、なんだか皆を煙《けむ》に巻こうとしているかの印象がある。

「ですから、話を戻します。なおかつ、はっきりと申し上げます」

ミラボーは黙したまま、かわりに目で答えてきた。ああ、受けてたとう。

「どうして王の機嫌を取らなければならないのですか」

そう問いかけたとき、ロベスピエールはみた。ほんの僅《わず》かでありながら、ミラボーの顔が変わった。なにごとにも動じなかった獅子《しし》が、はじめて狼狽《ろうばい》の色を示したのだ。

その色は、しかも醜いものだった。やはりと確信を深めながら、ロベスピエールは続けた。ええ、ミラボー伯爵、最近のあなたときたら、王におべっかを使っているようにしかみえません。

ミラボーは苦笑を浮かべてみせた。機嫌を取る、ですか。おべっかを使う、ですか。

「私のつもりとしては、王に敬意を表しているだけです」

嘘《うそ》をつけと、すぐさま野次が飛んできた。王にとりいって、年金でも引き出すつもりなのだろう。それとも狙《ねら》いは入閣か。大臣になりたいということか。そうだ、そうだ。

ミラボー先生の本音は、自らがラ・ファイエットにとってかわるつもりなのだ。

――もう誰の目にも、そうみえてしまう段階か。

ロベスピエールは以前から気になっていた。ミラボーには王を責めない風があった。本気とも冗談とも知れない口ぶりで、自分が大臣になればフランスは万事うまくいくというような話をしたこともある。

――やはり、ミラボーの態度は野心ゆえの話なのか。

それを悪いというつもりはなかった。ああ、大臣の椅子《いす》を欲するも欲しないも、それはミラボーの勝手だ。が、己一個の野心を理由に犠牲にできないものもあるのだ。

ひるむことなく、ミラボーは話の転換を試みていた。ええ、そういうことなら、私のほうからも、ひとつお伺いしたい。

「あるいは議員諸氏は、王政など廃してしまえと、そういった御意見なのですか」

「まさか……」

ロベスピエールは胸を突かれた。とっさに襲われた感情は、なにか神聖なものを穢《けが》してしまったような自責の念だった。なればこそ、必死に打ち消さなければならない。

「王政の廃止までは考えておりません。そんな大それた話を考えているわけではありません」

「ええ、そうでしょうな。ええ、ええ、皆さんも、そうは考えていない。なるほど、フランスには王政しかありえません。もちろん革命を機会に、一気に共和政に移行する選択もあるわけですが、かのルソーが明言しているように、それは小国のための仕組だ。フランスのような大国にはそぐわない。やはり王政しかない。だからこそ、公正な立憲王政を打ち立てようというのです」

いや、間違っていると、反駁《はんばく》できる議員などいなかった。一緒に押し流されかけたところで、ロベスピエールは堪えた。ああ、もう騙されない。王政の廃止などという衝撃的な言葉を持ち出して、またミラボーは誤魔化《ごまか》そうとしているのだ。

「ええ、ごくごく常識的な話です。いうまでもなく、王は立憲王政という政体において、欠くべからざる枢要な地位を占める。ならば、相応の敬意を表して然《しか》るべきではないでしょうか」

「しかし、これでは王が考え違いなされます」

と、ロベスピエールは応じてやった。そういう意味もわかるだろうと、まっすぐ向けた目で伝えた。その事実は相手の口から声に出させたかった。そうすることで自ら詭弁《きべん》を認めさせたかった。が、なおもミラボーは余裕で肩を竦《すく》めてみせたのだ。八月四日の決議を、批准《ひじゅん》なされていないという件ですか。

「だからなのです。ルイ十六世には封建制廃止法案を認めてもらわなければならない。これから先、さらに憲法も発布していただかなければならない。だからこそ相応の敬意を、それも具体的な形にして示すべきだと、私は考えているのです。陛下を説得する役目を任されている私の立場からすれば、それも自然な論理とされるべきではないでしょうか」

「…………」

「王が認めない法など、諸外国は認めてくれませんよ。それどころか、あの国で行われている不法を正すためだと、軍事侵攻の口実に使われてしまうだけだ。でなくたって諸外国は亡命した貴族どもに、日々フランスへの干渉を唆《そそのか》されているわけですからね」

「外国の話は結構です。ですから、話を逸《そ》らさないでください」

そう応じたとき、ロベスピエールは我ながら悲鳴のようだと思った。ええ、私が問題にしたいのは、あくまで王の考え違いのことなのです。七月には革命を支持なされておきながら、そこからの変節さえ疑われるのは、そんな、高が法案批准の話だけではないからでしょう。

「ええ、ミラボー伯爵、だから、もう誤魔化さないでください」

臆病《おくびょう》な小男だけに、ロベスピエールは敏感だった。きな臭さが再び漂い出していた。

フランスの革命はバスティーユひとつで、あっさり成るというわけにはいかないようだった。

22――パレ・ロワイヤル再び

十月四日、パリのパレ・ロワイヤルは、またしても激怒していた。

燦々《さんさん》と照る陽光に、木漏れ日が揺れていた夏はすぎた。カフェもテラス席を選べば、風は上着の襟を立てたくなるほど冷たい。カサカサと鳴きながら、足元には赤茶の落ち葉も溜《た》まっている。とうに季節は秋まで移ろっていたというのに、あのバスティーユに至る日々から変わらない激し方で、憤懣《ふんまん》やるかたない思いが吐き出されていたのだ。

「だって、また軍隊が集められているだなんて、これじゃあ七月に逆戻りじゃないか」

一席に陣取りながら、デムーランも遅れていなかった。昨日三日からパレ・ロワイヤルで持ちきりの話題というのが、それだった。

九月十四日、フランス王ルイ十六世は国境地帯ドゥーエ駐屯のフランドル連隊、総勢千人をヴェルサイユに動員した。二十三日に到着すれば、当然ながらパリも神経を毛羽立たせる。のみか、それを故意に逆撫《さかな》でされたのだ。

十月一日、ヴェルサイユ宮殿付属のオペラ座で、フランドル連隊付将校の歓迎会が開かれた。近衛隊《このえたい》付将校が主催した宴《うたげ》だったが、連中は国王夫妻を招待すると、その面前で声も大きく、革命を罵《ののし》り捨て、また人民を愚弄《ぐろう》するかの言辞に及んだのだ。

「あげくが赤白青三色の帽章が踏みつけられたというんだぞ」

それはパリ市政庁でバイイ市長が、王に手ずから渡した帽章だとも伝えられた。

デムーランは続けないではいられなかった。七月十七日のパリが踏みにじられたことになる。王が革命を支持したなんて、嘘《うそ》っぱちだったことになる。

「あのまま武器を手放した我々が、馬鹿にされたことになるんだ」

かわりに配られたのが白、すなわちルイ十六世を称《たた》えるフランス王家の徽章《きしょう》であり、また黒、すなわち王妃マリー・アントワネットに諂《へつら》うようなオーストリア王家の徽章であったというから、もう連中には釈明の余地もない。

「なにやってるんだ、ヴェルサイユは」

とも、デムーランは声を荒らげた。ヴェルサイユというのは宮殿のみならず、この場合は議会の意も含まれていた。

少なくともパレ・ロワイヤルに集う連中には、それと通じる。革命を取り消すような真似《まね》に及んだ宮殿も宮殿ならば、それを掣肘《せいちゅう》できない議会も議会だというのである。

はん、つまるところ、あいつらは無能なんだ。大した中身もない言葉を、けんけん吠《ほ》えているだけで、なにひとつできやしないんだ。

「はん、議員だなんて威張りながら、なんなんだ」

天下の憲法制定国民議会を扱《こ》き下ろして、聞こえよがしに打《ぶ》ち上げながら、刹那《せつな》のデムーランはといえば、一種の快感さえ覚えていた。

七月十四日を戦ったのは自分たちだという、強烈なまでの自負ができあがっていた。議会が今も議会のままでいられるのは、自分たちのおかげだとさえ考えていた。もちろん、あえなく落選しているからと、もはや議員に劣等感を覚えるようなこともない。

――時代の主役は、やっぱり僕らのほうなんだ。

もう議会になんて任せておけない。そう断じるほどに昂《たかぶ》る自尊心を措《お》くにしても、最近の議会は納得できない話ばかりだった。だから、王が増長する。貴族が巻き返しを図る。あげくに、またぞろ軍隊まで集められてしまう。

最初は王の拒否権だった。議会による法の発布を阻止できる権利のことだが、九月十一日の投票で、二会期も先送りできるという条件付拒否権が決議されていた。国民の代表が定めた法律を、王ひとりで無効にできるなど言語道断の仕組だと、パリでは憤然としたものが、向こうのヴェルサイユでは一時は絶対拒否権まで議論の俎上《そじょう》に載せられていたというのだ。

許せないといえば、二院制の審議が行われたこともあった。国民議会を上院と下院に分けるべき、つまりは上院の議席を特権身分のために確保するべきという考え方だが、それこそ貴族の陰謀に抗して戦ったパリの気持ちを、ないがしろにする発議だ。

これまた最後は否決されているとはいえ、デムーランの憤りは収まらない。

「議会は王家お抱えの、おべっか使いにでもなりさがったというのか」

大袈裟《おおげさ》な非難とも思えないのは、わざわざ議会の決議として、王族身分は不可侵性を備えるなどと、おかしな宣言を出したりもしているからである。

「それもこれも、八月四日の法案を陛下に批准《ひじゅん》していただくためなのではなくて」

卓の斜《はす》向かいで受けたのは、リュシル・デュプレシだった。それは恋人を連れた日曜の午後だった。本当なら洒落《しゃれ》た会話のひとつも楽しむべきなのかなと、デムーランにしても自覚がないわけではない。が、やはり大きく声を上げて、やめられなかった。だから、甘やかせば、つけあがるばかりなんだよ。

「王は改心なんかしないね。逆に強く出なけりゃ。弱腰なんだよ、議会は。そんな風じゃあ、とても事態を打開することなんてできない」

「ということは、またパリが自分で行動するというの」

「バイイ市長も元は議員さ。無能には変わりがないさ」

そうやって、デムーランは片づけた。これにはパリの事情もあった。七月十四日に続く熱狂において市長に推挙されたものの、バイイはなかなか実権を握れないでいたのだ。

選挙人集会を前身とする自治団、ならびに代表としての自治評議会が掌《てのひら》を返したわけではない。パリでは街区集会が急速に強くなっていた。

自治団が実質としては金持ちブルジョワの集まりであったのに対して、街区集会はパリに六十を数える街区で、それぞれの住人が自治のために組織するものである。基本的に有産無産を問うものではない。勢い中下層が活動主体となるが、これが等しく人権を認められたからには遠慮する謂《いわ》れはないとして、俄《にわ》かに発言力を強めていたのだ。

顔役としてコルドリエ区をしきるダントンなどは、今やパリ市政の場においても一定の発言権を獲得している。各街区から五人ずつ、全部で三百人の街区代議員が選出されると、これが自治評議会を押しのけて、市議会的な立場を占めるような動きもある。

少なくとも市政を厳しく監視して、そのために市長バイイは思うような施策を打ち出せないでいた。同情の余地もないではなかったが、新たに台頭してきたパリの活力と比べるほど、やはり顔色ない感は否めない。

「無駄だよ、パリ市に期待しても」

デムーランは切り捨てた。

「だから、市長さんに動いてもらうのじゃなくて、なんていうのかしら、七月十四日のようにパリの人々が自分たちで……」

そのような声があることは事実だった。あの毒舌家マラは『人民の友』という自分の新聞で武装蜂起《ほうき》の必要を訴えていたし、ダントンにしてもコルドリエ街の仲間を率いて詰め寄せながら、市政庁に行動開始を幾度となく談判していた。

「でも、簡単にいってくれるよ」

デムーランは憤懣を自制するかの口調を使った。だから、ヴェルサイユのほうじゃ、また軍隊が集められているんだよ。蜂起なんかしてしまえば、銃撃を掻《か》い潜《くぐ》らなけりゃいけないんだ。大袈裟でなく命をかけなきゃいけないんだ。

恋人を危険に追いやるような発言には、自ら気が咎《とが》めたということか、リュシルは慌てた早口になった。それは、そう。わたしだって、あんな危険な運動は、もう懲り懲りだわ。

「でも、それしかないって、カミーユ、あなたのほうは今も考えているんでしょう」

今度はデムーランが言葉に詰まった。

実際のところ、八月三十一日に一度試みていた。王の拒否権を認めるだの、特権身分のためにイギリス風の上院を設けるだの、業腹《ごうはら》な報《しら》せばかりが届けられて、ならば再びパリが立ち上がってやろう、ヴェルサイユまで行進して、議会に圧力をかけてやろうと、このパレ・ロワイヤルで再び決起を呼びかけたのだ。

それしかないと、迷わず行動を起こして、今にして思えば七月で味をしめた部分があったのかもしれない。ために蜂起を簡単に考えてしまったのかもしれない。

事実として、八月三十一日の蜂起は不発に終わった。だから、いつも、いつも、七月十四日みたいに成功するとはかぎらないんだよ。

「八月のときは国民衛兵隊に蹴散《けち》らされてしまったんだからね。いいかい、国民衛兵隊だよ」

と、デムーランは語気を強めた。それは革命で新設された、パリの民兵組織のことだった。

ラ・ファイエット侯爵を司令官に迎えて、国民衛兵隊は着々と編成を整えていた。フランス衛兵隊はじめ、七月十四日のバスティーユに参戦した闘士を集めて、「選抜兵」とか、「バスティーユ義勇兵」とか名づけた六千人の有給部隊を中核に、さらに志願兵からなる二万四千人を予備役的に加えることで、かなりな実力を備えるようにもなった。

これが必ずしもパリの味方ではなかった。少なくとも志願兵は、銃と軍服を自弁できる富裕者と資格が限定されていたからだ。つまりは金持ちの民兵であり、パリジャンも特にブルジョワの利害を代弁する嫌いが否めなかったのだ。

――これが望ましく思わなければ、蜂起、騒擾《そうじょう》の類《たぐい》も躊躇《ちゅうちょ》なく潰《つぶ》しにかかる。

やはり、パリは一枚岩ではなかった。一致団結して、総決起を達成した七月十四日のほうが、むしろ例外というべきだった。

23――なにかしないと

ブルジョワたちは、あれから急速に保守化していた。建前としては言論の自由を認めながら、実相としては市政の混乱を誘いかねない危険な煽動《せんどう》と決めつけて、文筆家の逮捕に及ぶようにもなっている。マラにしても市政庁に出頭を命ぜられて、今や逮捕抑留中の身の上である。

――パレ・ロワイヤルが喧《やかま》しいのも、そこだ。

もう革命が来たというなら、天下の往来で思う存分、己が信じる理想を叫んでよいはずだった。おかしいと思う政治は好きに扱《こ》き下せばよいし、許せないと思う政治家は好きに罵《ののし》ればよい。それが革命の前と変わらず、自由主義の根城、前衛思想家の安全地帯、このパレ・ロワイヤルに籠《こも》りきりだというのだ。

「いや、僕は怖気《おじけ》づいているわけじゃないよ」

と、デムーランは続けた。ただ勝算も立たない企てに手を染める気にはなれないね。

わけても、今度は望み薄さ。なにせフランドル連隊がヴェルサイユに到着したとき、あろうことか、パリの国民衛兵隊はその歓迎祝典に出席したというんだからね。パリに危害を加える恐れはないなんて、指揮官のエスタン伯爵に丸めこまれて、市政庁も納得したというんだからね。

「だったら、革命は頓挫《とんざ》してしまうの」

「して、たまるものか」

「では、どうしたらよいというの」

「機会を待つしかない。そう、七月十四日のような状況だ。うん、うん、追いつめられて、パリが再び総決起できるような機会だよ」

「それは、いつ」

「いつといわれても……。ヴェルサイユに集められた軍隊が、またパリに進軍してくるような展開にでもなれば、さすがの連中も尻に火がつくんだろうけど……」

「それは、いつ進軍してくるの」

「僕にわかるわけがないよ」

「そう……。そうね」

聞こえるか聞こえないかの小さな声は、まるで絶望の吐露だった。こちらに向けていた目を逸《そ》らし、それを自分の膝《ひざ》に落としながら、いよいよ俯《うつむ》かれてしまったとき、リュシルの悲しげな横顔に、ようやくデムーランも気がついた。なるほど、この令嬢育ちの恋人が、常ならずも政局を気にしたはずだ。革命のことなんか、熱心に質《ただ》したはずだ。

「僕らの結婚の話かい」

と、デムーランは確かめた。

この革命が成功すれば、結婚できる。そうデムーランは信じていたし、またリュシルにも繰り返し語り聞かせていた。それが、まだ果たせていない。

――いや、もう僕は、しがない弁護士じゃない。

仕事もないような自称作家でもない。デムーランは自分に自信を持てるようにはなっていた。ああ、今や革命の闘士なんだ。七月十四日を実現させた英雄のひとりなんだ。

事実としてパリでは、ちょっとした有名人だった。あれから政治的なパンフレットを二編ほど出版したが、いずれも人々の喝采《かっさい》をもって受け止められた。近々自前の新聞を発刊しようという計画まである。だから、もう自分を卑下したりしない。リュシルに相応《ふさわ》しい男ではないだなんて、尻尾《しっぽ》を巻いて逃げるつもりなんかない。

「ああ、僕は頑張っている」

「それは、そうよ。あなたが悪いとはいってないわ。それでも革命が頓挫しては……」

「だから、それは機会を待つしかないんだよ」

「もしも機会が来なかったら」

「………」

デムーランは息を呑《の》んだ。自分に向けなおされたとき、その女の目には、はっきり怒りが覗《のぞ》いていた。ああ、リュシルは責めている。この僕を責めている。

「けれど、僕らの結婚に反対しているのは、君の父上じゃないか」

リュシルの父親、クロード・エティエンヌ・ラリドン・デュプレシ氏、それが二人の結婚に立ちはだかる、大きな壁であり続けていた。ああ、確かに革命がならなければ、この壁は崩せない。

七月十四日このかた、一方の議論は原理原則に傾いて、いよいよ先鋭急進化の兆しを示した。が、他方では保守反動の動きも顕在化しているのだ。あげくが議会の体《てい》たらくで、またぞろ王が軍隊を動員する有様なのだ。

――革命は決定的ではない。

危機感を抱《いだ》く急進派にせよ、ほっと安堵《あんど》する保守派にせよ、そういう見方だけは共通していた。それが定見を持たない輩《やから》となれば、日和見《ひよりみ》な態度に終始せざるをえない。なんとなれば、まだ革命は裏返されるかもしれないのだ。王が再び絶対の権を唱え、外国に逃れた貴族が特権的な地位に戻れば、バスティーユの英雄たちは一夜にして、ただの暴徒に落ちるのだ。

デュプレシ氏はといえば、穏健なブルジョワの典型だった。がちがちの石頭というわけでなく、元々はむしろ開明的な立場であったとしても、この数カ月の激動においては、やはり保守化しないではいられない。それが父親の立場であれば、ましてや慎重にならないではいられない。七月十四日の興奮に浮かれるまま、大切な娘を軽々しく嫁に出したいわけがない。

「いや、父上に認めてもらうためにも、革命を決定的なものにしなければならない。それは、わかっているんだ。けれど……」

「急ぐ理由はないということね」

「急ぎたいよ。僕は急ぎたいよ。けれど、君の父上が認めてくれないんじゃ……」

「わたしが悪いの」

「そんなこと、いってないだろ」

「けれど、わたしが父を説得できないから悪いんだって、カミーユ、あなた心のなかでは、そう思ってるんだわ」

「違う。違う。いや、リュシル、こんな喧嘩《けんか》は止《や》めよう。ああ、本当に君が悪いという気はないんだ。けれど、僕が責められるというのも、おかしいんじゃないかな。革命が決定的にならないことには、父上を説得しようもない。そうなるために僕は精一杯のことをしている。けれど、僕ひとりの力じゃあ、どうにもならない話だってあるんだよ」

リュシルは再び俯いた。納得するしかないという証拠に、しばらく沈黙が続いた。それはデムーランが、慰めの言葉を重ねようとしたときだった。

「悔しい」

なにもできない自分が悔しい。小さな声に思いを託すや、いきなりリュシルは席を立った。デムーランは目を瞬《またた》かせないではいられなかった。どうしたんだい、リュシル。どこに行くというんだい。

「ミラボーさんに聞いてきます」

と、リュシルは名前を出した。それだけでデムーランは動顚《どうてん》した。

いくらか自信を回復したとはいえ、その相手だけは別格だった。ミラボーは危険な男だ。ほとんど悪魔的な男だ。それが女の目には魅力的にみえるだろうことも、容易に想像がつく。だから、駄目だ。どんな事情があったとしても、恋人を近づけるわけにはいかない。

「リュシル、なにを突拍子もないことを」

デムーランは止めにかかった。が、やはりというか、リュシルは聞かない。

「いいえ、突拍子もないわけではないわ。ミラボーさんなら七月に紹介していただきました。もしかしたら、わたしの顔くらい思い出してくれるかもしれない」

「だとしても、会って、どうなるものでもないだろう。でなくたって、議員なんて、あてにならないんだ。いや、とにかく、おかしいよ、リュシル。なんだか君らしくない」

「わたしらしくしていたら、なにかが変わるとでもいうの」

「それは……」

「とにかく、なにかしないと始まらないのよ。ええ、ミラボーさんに聞いてきます。有力な方ですもの、なにか力になってくださるはずです」

いいえ、話を聞くだけでも聞いてきます。議会はどうなってるのか。革命はどうなるのか。一方的に宣しながら、リュシルは歩みを止めなかった。パレ・ロワイヤルの回廊を抜けながら、サン・トノレ通りに面する通用口に、ずんずんと進んでいった。

――こんなことをする女だったなんて……。

狼狽《ろうばい》しながら、デムーランは追いかけた。いや、追いかけようとして、珈琲《コーヒー》代を払っていなかったことに気づいた。卓の上に小銭を置いた分だけ遅れたので、リュシルを引き止めるにも声を張り上げなければならなくなった。ねえ、とにかく、落ち着こうよ。そんな突飛な話はないというもんだよ。だって、じきに日が暮れるよ。

「これからヴェルサイユに行くっていうのかい」

デムーランは駆けて追いついたが、それを無視するように前をみたまま、リュシルは答えた。ええ、行くわ。向こうで一泊すればいいだけだもの。

「ええ、わたし、ヴェルサイユに行くわ」

「行くのかい、お嬢ちゃん」

不意に話に割りこんだのは、疲れて、しわがれながらも、確かに女の声だった。

24――女たちの理屈

ようやくリュシルは足を止めた。その背中にぶつかりそうになりながら、デムーランも爪先《つまさき》に力を入れて立ち止まった。声をかけてきたのは、頭に被《かぶ》る白布も黄ばんだような、みるからにパリの御上《おかみ》さんという女だった。

本当ならパレ・ロワイヤルに詰める手合いではなかった。が、今日のところは他にも似たような女たちが、文字通り群れをなして集まっていた。

その理由をデムーランが察せないわけでもなかった。ここに来れば、なにか聞けると思うのだろう。パリはどうなるのか、革命はどうなるのか、いや、そんなことより、日々の生活がどうなってしまうのか、とにかく探らないではおけないのだろう。

――まだ、なにも解決していない。

さすがのデムーランも現実を認めないわけにはいかなかった。革命が起きたからと、暮らしが楽になったわけではない。「人間と市民の権利」が与えられても、それで腹が膨れるわけではない。憲法よりも、パンが欲しい。にもかかわらず、食糧の調達に関しては、誰も、なにもしてくれていないのである。

女たちは女たちの立場から、最近ではヴェルサイユを罵《ののし》るようになっていた。パンがない。物価が高い。要《かなめ》の救貧策を忘れて、余計な話ばかり進めている。議会はやりすぎだと責めさえするのは、封建制の廃止を打ち上げ、人権宣言を唱え、そのせいで貴族たちが、すっかり外国に亡《ぶ》命してしまったからだった。

――皮肉な話だ。

まずもって、貴族屋敷の使用人が大量に失業していた。貴族に品を卸していた高級店の類《たぐい》も、商売あがったりになった。貴族など関係ないという人々にも、他人事《ひとごと》では済まなかった。外国に渡るにつけて、貴族たちは現金という現金を持ち出していたからだ。屋敷も領地もあきらめなければならないのだから当然の話だが、これが去られたあとのフランスに深刻な貨幣不足を引き起こしたのだ。

証券取引所が開店休業となっただけではない。商売に差しさわりが出るだけではない。それが証拠に激怒したのが、パリの女たちなのだ。台所を預かる身として、なによりの大事は食べものなわけだが、これが貨幣不足の煽《あお》りで、いっそう手に入りにくくなったのだ。

昨年は飢饉《ききん》に見舞われたフランスも、今年は豊作に恵まれていた。今は脱穀中と伝えられるからには、じきパリにも待望の新麦が届けられるかと思いきや、貨幣不足を口実に代金が支払われないのではないかと恐れるあまり、それを農民たちは市場に出したがらないというのだ。

「誰か口をきいてくれてもいいんじゃないか」

それが巷《ちまた》の声だった。王でも、議会でも、パリ市でも構わないから、農民に支払いを保証して、とりいそぎ食糧を確保するくらいのことを、どうしてやってくれないのか。そうやって不満を募らせ、今やパリの女たちはといえば、パンが欲しい、パンをよこせと、誰彼となく絡んでいくかの剣幕になっていた。

「とすると、やっぱり噂《うわさ》は本当だったんだね」

頬《ほお》かぶりの御上さんは続けていた。ああ、パレ・ロワイヤルに来てみて、正解だったよ。どうなってんだって、みんなでヴェルサイユに聞きに行こうって話は、やっぱり嘘《うそ》じゃなかったんだね。

「ああ、それなら、お嬢ちゃん、あたしも一緒に行ったげるよ」

「ありがとうございます」

そう答えたリュシルのまわりに、パレ・ロワイヤルの女たちが集まってきた。あたしも行くよ。はん、偉そうに髭《ひげ》なんか生やしてるくせ、なにもしてくれない議員の先生方には、いってやりたいことがあるんだ。

「ええ、あたしも行くわ。ヴェルサイユなら王さまもいるんだろう」

「そうそう、みんなで陛下に頼もうよ。宮殿のパンを分けてもらおうよ。パンがないなら、お菓子くらいは配られなくちゃ」

「はん、山ほどのパンがあったって、あたしらには分けてくれないよ。なんでって、貴族が意地悪で、わざと小麦を止めてるって話じゃないか。貴族の陰謀って奴《やつ》だよ。ヴェルサイユには、そういう輩《やから》を懲らしめにいくんだよ」

「とにかくさ。そうと決まれば、ぐずぐずしないで、さあ、ヴェルサイユに行こうよ」

「まて」

まて、まて。大きく手を振りながら、デムーランは介入を試みた。まて、まて。全体なんの話をしてるんだ。パンだと、お菓子だと、貴族の陰謀だと、そんな話は誰もしてないじゃないか。

「はあ、なにいってんの、お兄さん。そんな話は誰もしてないだなんて、馬鹿いってもらっちゃ困るよ」

「そうそう、みんな、話してることさ。それこそパリじゃあ、女が三人よれば、もうパンの話しかしなくなるくらいじゃないか」

「それはそうかもしれないが……」

旗色が悪いことは、デムーランにもわかった。この食糧不足で、どうして痩《や》せないのかと不思議なくらい、でっぷりと肥えた女たちに詰め寄られて、正直たじたじになってもいた。が、ここで退《ひ》くわけにはいかない。どうしてそうなったのか、甚《はなは》だ理解に難《かた》いながら、実際問題として話はリュシルに係《かか》わるのだ。

「ヴェルサイユにいって、なんになる。向こうには軍隊だって集められているんだぞ」

「怖いのかい、お兄さん」

「あはは、ここにも能書《のうがき》ばっかりの腰抜け先生がいたよ」

「腰抜けじゃない。僕はカミーユ・デムーランだ」

名前を出すと、とたん女たちは静かになった。やはり、知られている。やはり、僕は英雄なのだ。どうだとばかりに胸を張り、自尊心の昂《たかぶ》りを悦《よろこ》んだのも束《つか》の間のことだった。とある拍子に女たちは、今度は爆発したようだった。ああ、いたよ。デムーランさんがいたよ。あたしたちの英雄は、やっぱりパレ・ロワイヤルにいたんだよ。

「えっ」

気がつけば、デムーランは無数の柔らかな腕に抱きつかれていた。ああ、抱きつかずにいられるもんかい。なんてったって、七月十四日、バスティーユの立役者だよ。今また立ち上がって、あたしたちをヴェルサイユに導いてってくれる人だよ。

「いったじゃないか。八月末の失敗でめげるような男じゃないんだ」

「いや、あれは王の拒否権に反対して……」

「そうだね、そうだね。パンをなんとかしてくれるのは、デムーランさんだけだね」

「そんな話は一言も……」

「にしても、意外と可愛いひとなんだね。デムーランさんてのは、もっと、こう、豪傑みたいな男だと思ってたよ」

女たちは、もはや勝手に続けていた。いやだ、マルト姉さん。知らん顔して接吻《せっぷん》までして、いくらなんでも、あんた、少し図々しいよ。いいじゃないか、これくらい。うちの亭主は腹が減りすぎて、最近なんにもしてくれないんだから。そんなこといったら、うちなんか食えてた頃から御無沙汰《ごぶさた》だよ。

「だから、おまえたちは、一体なんの話をしているんだ」

もみくちゃにされながら、それでもデムーランは自分の影響力だけは確信することができた。ああ、やはり僕は有名人だ。この僕が話せば、女たちも耳を傾けてくれる。

「だから、ひとまず落ち着こう。とにかく僕の考えを聞いてくれ」

直前までの騒ぎが嘘のように、女たちは離れた。気がつけば、パレ・ロワイヤル中が注目していて、いくらか動揺しないではいられなかった。作家仲間がいる。同業の弁護士も少なくない。あちらこちら街区の有力者も目を向けている。が、それどころではない。なにを措《お》いても、この女たちを説得しなければならない。

デムーランは必死に頭を回転させた。ああ、まずは、だ。

「まずは順番というものがある。行くなら、一番にパリ市政庁だ」

「バイイ市長が助けてくれるっていうのかい」

「それを聞きに行こうというんだ」

「助けてくれなかったら」

「そのときは国民衛兵隊を出してもらおう。まあ、それも確かな話じゃないけれど、ことによると、ヴェルサイユまで護衛してくれるかもしれない」

「ああ、さすがはデムーランさんだ。なにより、か弱い女の味方だ」

「は、はは」

「だったら、さっそくグレーヴ広場に行こうじゃないか」

「まて、今日は日曜日だ。そ、そうだ、休みなんだ。主《しゅ》の安息日なんだから、市政庁には誰も出勤しちゃいないよ」

明日にしよう、とデムーランは持ちかけた。明日の月曜日になれば、市政庁が開く。ヴェルサイユの議会だって、週明けの審議を始める。いずれにせよ、今日はどうしようもない。

「だから、明日朝一番の午前八時、グレーヴ広場に集合ということで、どうだろう」

女たちは納得したようだった。ああ、明日にはパンが食べられるわ。いや、手に入るのは小麦かもしれないから、パンになるのは明後日かもしれない。お菓子だけでも明日のうちに食べたいものだわ。そうやって、わかっているような、わかっていないような会話を交わしながら、とにかく三々五々に引き上げていく。

あとのパレ・ロワイヤルに残るのは、カフェの客だけだった。それもそれぞれ卓に組みついて、自分たちの話題に戻れば、なおも立ち尽くすのは、最初の男女二人きりということになる。

とりあえずは無謀を阻んだ。ふうと息を抜きながら、デムーランは恋人とやりなおそうと始めた。ああ、最初は笑みを拵《こしら》えることだ。だから、ねえ、リュシルも明日まで、よく考えてみてくれないか。わかるはずだよ、こんな馬鹿な真似《まね》をしても……。

「午前八時にグレーヴ広場ね」

確かめたきり、リュシルは踵《きびす》を返してしまった。ぷりぷりと左右に振れる尻の動きを見送りながら、デムーランとしては今宵《こよい》の静けさを祈ることしかできなかった。ああ、一晩ぐっすり眠れば、恋人も我に返るはずだ。馬鹿な思いつきだったと、正気を取り戻すはずなのだ。

25――ヴェルサイユ行進

――ったく、女というやつは……。

一晩おけば忘れるに違いないと、そうデムーランが考えたのは、他の女たちについても同じだった。いや、パリの御上《おかみ》さんたちに関していえば、ほとんど疑ってもいなかった。それぞれ家に帰れば、ことごとくが主婦なのだ。亭主がいれば、子供たちもいて、もう気忙《きぜわ》しい生活に追われざるをえない。

――それが政治活動だなんて……。

十月五日、月曜日、つきあっちゃいられないとは思いながら、それでも持ち前の誠実さからデムーランは早起きした。グレーヴ広場に足も向けたが、念のためというくらいの気分だった。ところが、サン・ジャック大通りの坂道を下るうちに、彼方《かなた》に白い靄《もや》がそよいでみえたのだ。

ぶるると身震いするくらい、それは寒い朝だった。パリの空は重苦しい鉛色で、遠からず雨になりそうだった。いや、もうポツポツ落ちてきているか。

上着の襟を立てるほどに、吐き出す息も白く煙る。それが無数の口から吐き出されれば、白い靄に長じながら、セーヌ河畔にだって立ち上る。シテ島を通り抜け、いよいよ右岸に渡る段になって、デムーランは絶句した。

女たちは来ていた。それもパレ・ロワイヤルで騒いだ程度の数ではなかった。女たちといえば、なによりの得意技がお喋《しゃべ》りである。一晩の間に鎮まるどころか、口から口と伝えられて、いっそう話が大きくなったようだった。ああ、もはや百や二百ではない。

――ざっと、五千人はいるだろうか。

グレーヴ広場は文字通り立錐《りっすい》の余地もなかった。いや、なにかあればパリ中が集まるという場所であり、人垣で混み合う風景自体は珍しいものではない。が、いつもなら汗臭かった。それが今日のところは、なんとなく乳臭い。やはり女たちなのだ。

男ひとり、いくらか気後れしないではなかった。が、ここで引き返すわけにもいかない。めげずに掻《か》き分けていくと、女たちの行列も先頭のほうは、市政庁の玄関に詰め寄せていた。デムーランが来るのを待たずに、もう始めていたようだった。

やりとりが聞こえた。というか、きんきん甲高い声ばかりが耳に届いた。

「なにやってんのよ。なんで、誰も来てないのよ」

「お役人が遅刻していいの。そんなの給料どろぼうじゃないの」

「とにかく、バイイ市長を呼んできなさいよ」

なにごとか答えて、弱り顔で相手をしていたのは、軍服姿の男だった。名前は確かスタニスラス・マイヤールだ。

デムーランが知るというのは、七月十四日のバスティーユで、ともに戦った仲だからで、そのままマイヤールは国民衛兵隊も有給部隊のほうに、在籍を認められたようだった。それが十月五日の朝、たまたま市政庁の番兵の当番にあたっていて、女たちに捕まってしまったのだ。

「もういいわ。やっぱりヴェルサイユに行くから、あんた、案内しなさいよ」

やはりというか、マイヤールは無茶を突きつけられていた。気の毒とは思いながら、デムーランは進んで間に入ることなく、それどころか隠れる気分で中腰になった。なるだけ目立ちたくなかった。バスティーユの戦友のように、女たちの相手などしていられなかった。ああ、それどころじゃない。

――早くリュシルを探さなければ。

デムーランは人波に目を凝らした。が、人数が人数である。年齢は上から下まで広いながら、なべて女たちは市井《しせい》の御上さん連中であり、みるからに令嬢風のリュシルなら簡単に見分けられるはずだとも思うのだが、それが容易にみつからない。まあ、来ていないなら来ていないで、なによりなのだが、万が一にも紛れていたら大変だ。このまま本当にヴェルサイユに向かうことにでもなれば、大変だ。

——リュシルだけは止めなければならない。

デムーランは焦り始めた。

「ごたくはいいから、マイヤール、さっさと武器を出してきなよ」

「ああ、あんたらが担《かつ》がないなら、あたしたちが担いでいくっていうんだよ、銃を」

物騒な話までふっかけながら、女たちの群れは明らかに興奮を高めていた。そのことは、朝の寒さも忘れるほどの熱気として感じられる。馬鹿なとは思いながら、やはり彷《ほう》彿《ふつ》とさせられるのは、七月の蜂《ほう》起《き》のときの雰囲気である。

と同時に、リュシルも来ているのではないか、来ているかもしれない、ああ、これは来ているに違いないと、根拠のない思いこみも高じていく。

——急がなければ。

さあ、出発などと、号令をかけてくれるなよと祈りながら、それは先頭が談判を続けている市政庁の玄関を、ちらとみやったときだった。

——リュシル……。

恋人は、やはり来ていた。しかも先頭のほうにいた。まさか。いや、清《せい》楚《そ》でありながら、歴然と仕立てが違う令嬢風は、やはりリュシルで間違いはない。

デムーランは踵《きびす》を返した。肩を尖《とが》らせながら、それで楔《くさび》を打つようにして、女たちの群れを掻き分け掻き分け、なんとか最前列に出るや、一足飛びで階段を駆け上がった。そのままの動きで手を伸ばし、捕えたのが折れそうなくらいの女の手首だった。

「リュシル、なにやってるんだ」

一瞬だけ目に驚きの色を浮かべたものの、すぐにリュシルは冷淡な顔になった。とたん弱気に捕われながら、だからこそデムーランは続けないではいられなかった。なにやってるんだい。ねえ、なにやってるんだい。君みたいなお嬢さんに、蜂起なんて真似《まね》ができるわけないだろう。

「はなして」

問いかけには答えず、リュシルは腕を暴れさせて、こちらの手を振りほどこうとしただけだった。だから、はなして。

「いや、放さない。リュシル、とにかく僕の話を聞いてくれ」

「嫌よ。いいから、はなして、カミーユ、わたしにさわらないで」

あなたは嫌らしいことばっかりなんだから。そう突き放されて、デムーランは力が抜けた。嫌らしいことばっかりって……。

男の手から自由になるや、いよいよリュシルは市政庁の玄関も中央口まで進み出た。鈴の音さながらの可憐《かれん》な声を、痛々しいくらいに大きく張り上げながら、いきなり女たちの群れに働きかけたことには、これが蜂起の目印ですと。

差し上げられた手の先では、親指と人差し指の間に一枚の葉が摘《つま》まれていた。いくらか茶色がかっているが、その緑色は間違いない。ええ、地面の木の葉を拾いましょう。手が届くなら、街路樹からも毟《むし》りましょう。だって、味方を間違えるわけにはいきませんもの。

「ええ、みなさん、緑の葉が目印です」

ぶわと空気が動いた。女たちの叫びは音質が高いだけ、管楽器の猛《たけ》りを思わせるものだった。それが五千人を数える口から吐き出されれば、刹那《せつな》は耳が痛いほどになる。

「さあ、ヴェルサイユだよ」

誰か御上さんが打《ぶ》ち上げた。それを待たずに女たちは動き出した。落ち葉を拾い、街路樹の枝を引いて、緑の印を手に入れ次第に、ぞろぞろ歩き出したのだ。

ヴェルサイユ行進の始まりだった。けれど、冗談じゃない。だから、ちょっと待ってくれよ。なおあきらめられずに、デムーランは恋人を追いかけた。

さわるなといわれたばかりであれば、手を伸ばすわけにもいかず、そのかわりに前のほうに回りこんで、まさに必死の説得だった。ねえ、リュシル、ねえ、いったん落ち着いてみよう。

「わたし、落ち着いているわ」

「いや、動顛《どうてん》してるよ。こんな真似をするなんて……」

「だって、これでいいんでしょ」

「なに」

「カミーユ、あなたもパレ・ロワイヤルで、木の葉を目印に決めたじゃない」

「…………」

「わたしにだって、できるんだから」

できるわけがない。そう内心で反駁《はんばく》しながら、こちらのデムーランも今や恋人の暴走にあてられて、なにかできるわけではなかった。おろおろと顔色だけ窺《うかが》いながら、そのままヴェルサイユまで行くことになろうとも、せめてリュシルを追いかけるのみだった。

26――珍客

その月曜日、憲法制定国民議会では朝から激しい議論が戦わされていた。意見を対立させる両陣営が、休日の間に練り上げた理屈という理屈を繰り出して、まさに週明けが待ち遠しかったといわんばかりの激論だった。

問題は八月四日の法案に寄せられた王の回答を巡るものだった。九月十四日、ルイ十六世は封建制廃止法案について、その公示《ピュブリカシヨン》を認めると議会に伝えてきたのだ。

もって愛国派とも呼ばれる強硬な論陣は、直ちに法令の効力を発動させるべしとした。対するに王党派とか、でなくとも穏健派とか呼ばれる立場は、公布《プロミュルガシヨン》ではないのだから、未《いま》だ法令ならずと反論した。

十月一日、議会は王に改めて法案の受理《アクセプタシヨン》を求めた。が、それも裁可《サンクシヨン》とは性格を異にするとか、受理であるからには、応じるも応じないも国王の自由になるとか、様々に議論された。

引き続き無条件の受理を求めようという主張があれば、少なくとも憲法に関しては、王の権威より上位にあるものだから、王の批准《ひじゅん》を必要としないのだと、ロベスピエール、バレールらが新たな論点を提出したりもして、いずれにせよ、その種の論争が十月五日の今日にも延々と続いたのだ。

――もう四時か。

懐中時計を覗《のぞ》きながら、ミラボーは溜《た》め息を吐《つ》いた。というのは、もう十分だろう。馬鹿な言葉遊びに、朝からの時間を費やしたのだ。

正直ミラボーは辟易《へきえき》していた。強いて色分けするならば、立場は穏健派になろうが、それこそ真正の王党派のように、なし崩し的に廃案になればよいとは思わない。といって強硬論の愛国派のように、無理矢理にも法案を成立させれば、それでよいとも考えていなかった。

――この革命を王に認めさせること。

心から認めさせること、それが大切なのだとは、かねてからのミラボーの持論だった。なにか政治的な策謀の伏線というわけではない。これぞ事態の根幹だと、政治家の信念として思うのである。

焦点が八月四日の法案を批准するか、しないかに絞れているならば、言葉遊びなどには逃げるべきではなかった。ルイ十六世に反感を抱《いだ》いている強硬派、はたまた逆に共感を抱いている穏健派、いずれの立場で臨むにせよ、法案は文句のない形で王に認めてもらうのが得策なのだ。

――それは王のためにもなる。

そのことを真に理解した証《あかし》として、ルイ十六世には法案を批准してもらわなければならないのである。

いくらか時間がかかるのは仕方なかった。これは先を急ぐべき局面ではない。勝負どころと、じっくり、じっくり進めていかなければならない。さもなくば、フランスは生まれ変わることができない。せっかくの革命も流産に終わる。仮に生き延びられたとしても、その赤子の長じる姿は禍々《まがまが》しい鬼子でしかありえない。

――だから、焦るなという。

急ぐべきときには、ぼんやり顔で無為を貪《むさぼ》り、じっくり構えるべきときに、目を吊《つ》り上げて先に駆られる。過剰なくらいの自意識に引き比べて、政治力はといえば哀しいくらいに粗末だ。はん、ロベスピエールにしてみたところで、相変わらず法律用語を云々《うんぬん》するしか能がないくせ、早くも生意気なばかりではないか。

――つまるところは第三身分だ。

ミラボーは最近とみに同僚議員に覚える侮蔑《ぶべつ》を強めていた。いや、はじめから多くを期待したわけではなかったが、それにしても、ひどすぎるのだ。

――せっかく築き上げてきた議会だが、そろそろ寿命も尽きたかな。

政治の軸を組みかえる時期が来たかなと、そうもミラボーは考え始めていた。議会が国の舵《かじ》を取らなければならないという法はない。それどころか、有象無象の巣窟《そうくつ》であるかぎり、フランスの改革など捗々《はかばか》しいわけがない。ああ、このまま議会を廃してしまわないまでも、例えば特権的な委員会を設立して、それに議事の運営を一任するとか。あるいは王の内閣と一体化して、一部が執行権を行使する側に回るとか。

――いずれにせよ、全て台無しにされる前に……。

そう心に呟《つぶや》いていたときだった。議場の扉が乱暴に打たれていた。

――まさかパリが蜂起《ほうき》したのか。

暴徒と化して、このヴェルサイユにやってきたのか。ダンダンと大きな音が響くほど、さすがのミラボーも背筋が寒くなる思いがした。だとすれば、万事休すだからだ。

ありえない話ではなかった。蜂起の噂《うわさ》は絶えなかったし、未遂事件も報告されている。もとより、子供のように待てないのが民衆というものならば、その他愛《たわい》なさは一応の教養を修めている議員などの比ではない。我慢を知らず、今すぐにも目にみえる結果が欲しいという我儘者《わがままもの》が、限界まで焦《じ》り焦りしている様子も想像に難くない。

時間がかかりすぎていることは、ミラボーとて認めないわけではなかった。

――なんとなれば、ルイ十六世は頑固だ。

思いのほかに頑固で、ほとんど強情なようにも感じられる昨今だった。そもそもが鈍重で、決然としたところがない人物だったが、のらりくらりと決断から逃げながら、それ自体が王一流の政治力なのかと、おかしな感心をさせられるほどである。

が、それだけに時間のかけどころだとも、ミラボーは考えていた。いったん革命を支持すれば、ルイ十六世は今度はその立場から梃《てこ》でも動かないようになるからだ。代償として、民衆が焦れるのは百も承知である。蜂起に踏み出すのも、すでにして時間の問題だ。とはいえ、国民衛兵隊司令官ラ・ファイエット、ならびにパリ市長バイイ、それを巧みに抑えるのが、きさまらの役目ではなかったのか。

――あいつらの尻拭《しりぬぐ》いなど御免だ。

そうした思いから横着して、人心を慰撫《いぶ》しようとしなかった、これは自分の過失なのだろうかとも、ミラボーは後悔に駆られた。なんとなれば、今この時局においてパリが蜂起することこそ、なにより恐れるべき最悪の事態なのだ。

――そう何度も、うまくいくはずがないからだ。

人間として、市民として、一様の権利を認められているとはいえ、パリの人々は一枚岩ではないからだ。一致団結するのでなければ、七月十四日のような破壊力は持ちえないのだ。

ほんの一部が先走るような非力な蜂起が、のこのこヴェルサイユに乗りこんでみたところで、こちらでは王が軍隊を集結させている。これに蜂起が鎮圧されてしまうなら、またぞろ時代は逆行しかねない。革命でなく、ただの暴動になるからである。きっかけにルイ十六世が勢いづけば、七月十四日の栄光までが取り消され、アンシャン・レジームが再建されるばかりになる。

――そんな愚行だけは避けたい。

なんとしても避けたいと、ミラボーは祈るような思いだった。にもかかわらず、扉一枚に隔てられた向こう側からは、はっきりと物々しい気配が伝わってくるのだ。

しかして、扉は押し開かれた。先頭をきった男は、国民衛兵マイヤールと名を告げた。

「いかがなされた」

こちらから迎えたのは、新しく議長に就いたムーニエだった。先進地ドーフィネの雄のひとりだが、議員としては最近とみに穏健派の言動に終始するようになっている。それだけに血相を変えながらの応対だったが、かたわらのマイヤールは、なんだか煮え切らない態度だった。いえ、その、いかがといわれましても、私としては……。いや、パリの女たちに背中を押されただけというか……。

「女たち、ですか」

ムーニエが確かめるや、野鳥の大群を思わせる喧《やかま》しさで、本当に女たちが議場に踏みこんできた。とすると、今度は湿っぽさが議場に広がっていく。

「そうか。外は雨か」

構うことなく、やはりパリから歩いてきたらしい。女たちは皆が泥だらけだった。すっかり濡《ぬ》れ鼠《ねずみ》で、長い髪を不潔な感じで頬《ほお》に張りつかせてもいた。それが一種の凄味《すごみ》となって、議会の気後れを誘ったことは事実だった。

それをよいことに、女たちは最寄りの議員の腕をつかむと、思い思いに訴え始めた。

一体どうなってるんです。パンがありません。フランスは、どうなるんです。お金がなくなったんです。パリを、どうしてくれるんです。子供がお腹《なか》を空《す》かせているんです。革命は駄目になってしまうんですか。亭主が失業してしまいました。世のなかは良くなりはしないんですか。もう少し物の値段を安くしたりはできないんですか。

支離滅裂だ、とミラボーは苦笑した。あるいは苦笑できるだけの、余裕が生まれたというべきか。

――蜂起ではなかった。

ただ女たちが騒いだだけだ。はん、暴動にすらなりえない。それらしく銃を担《かつ》いでいる者もいたが、果たして撃ち方など心得ているものやら。

――まさに珍客だな。

いずれにせよ、これだけ他愛ない話となると、軍隊のほうも馬鹿らしくて、あえて出動しようとは思わないはずだった。誰を追いつめるわけでなく、誰と深刻に対立することにもならず、ただ苦笑をもって、やりすごされるのが相場だ。そう断じたミラボーが、ふうと安堵《あんど》の息を抜いたときだった。

「ミラボーさん」

名前を呼ばれた。相手を探すと、その女は同じく風雨に総身を汚されながら、なお印象が全くの別物だった。ああ、生活にくたびれた女房ではない。むしろ、どこかの令嬢だ。加えて、なるほど見覚えがある。

27――親切

ミラボーは自分から答えて出た。

「マドモワゼル・デュプレシ、であられましたね」

「ああ、覚えていてくださいまして」

「忘れるわけがありません」

その小さな手を取ると、ミラボーは接吻《せっぷん》を捧《ささ》げた。やはりというか、女の肩越しに男の心配顔が覗《のぞ》いていた。そう、この女はカミーユ・デムーラン、おまえの恋人だったな。おまえを行動に駆り立てる力の源泉こそ、このリュシル・デュプレシだったんだな。

ミラボーの心に再び警戒心が芽生えた。デムーランが来ていたか。七月十四日に通じる蜂起を始めた男が、女たちの行進に同道してきていたか。とすると、他愛《たわい》ない出来事で片づけてよいものか。

女の手が冷たかった。

「ああ、マドモワゼル・デュプレシ、ひどい様子であられますな。すぐに着替えないと、風邪《かぜ》をひきますぞ。馬車を用意いたします。ええ、私の屋敷を提供いたします」

デムーラン君、つきそってやってくれるね。そう確かめてやれば、嫌だとは断らないはずだった。いくらか自信を獲得して、この女を他の男に取られるのではないかと、不断に怯《おび》えているわけではないとしても、だ。そう読みを巡らせるミラボーはミラボーで、この危険人物を事件の現場から、なるだけ遠く引き離しておきたかった。

「わかりました」

デムーランは期待通りに答えた。さあ、リュシル、御言葉《おことば》に甘えよう。目に喜色さえ浮かべながら、すぐさま女に促すこともした。この男の意志として、なにか企てがあるではないようだった。が、今のところは、だ。引鉄《ひきがね》になりうる女は、ここにいるのだ。

「どうなってしまうのですか」

そう質《ただ》して、リュシルのほうが動かなかった。もう革命は駄目なんですか。七月十四日は無駄だったんですか。カミーユの頑張りも報われずに終わってしまうのですか。

見開かれた左右の瞳《ひとみ》が切迫していた。じわじわと滲《にじ》んできて、涙の層まで厚くなった。

ミラボーは、ぴんときた。そうか。そういうことだったのか。

――おまえ、やったな。

言葉にはしないながら、女の肩越しに目で問いかけると、たちまちデムーランは気まずい顔になった。やはり、そうか。おまえは、やってしまったんだな。まだ結婚もしてないというのに、もうじき結婚できるのだからと。

ミラボーは看破した。革命が成就しないかぎり、デムーランは自称作家でないとしても、三流弁護士のままだ。まだリュシルの父親に結婚を許される段階ではない。なのに、やることはやってしまった。今度は女が焦る番というわけだ。ああ、カトリックの教えを聞かされている尋常な娘なら、そうなるだろう。浮気女と同じには楽しめないだろう。

――調子に乗るな、あの程度の仕事で。

再び無言の眼差だけでデムーランを突き放すと、それからミラボーは仕切りなおした。もちろん、笑みを湛《たた》えながらだ。

「革命は大丈夫ですよ、マドモワゼル」

「本当に」

「そうなるように議会は努力しております。いや、御心配はわかります。目にみえた変化は、なかなか表れない。だから、革命は停滞しているのではないか、あるいは頓挫《とんざ》してしまうのではないかと、案じられる気持ちはお察しいたします。けれど、政治とは時間がかかるものなのです」

「そうですか……。でも、また陛下は軍隊を集められたとか」

「あんなもの、意味はありません。あらかじめ予定された連隊の入れ替えですよ」

「パリではミラボーさんが王党派に寝返ったとも聞きましたが……」

「馬鹿な。確かに陛下には議会の試みを懇《ねんご》ろに説明してさしあげますが、それも速やかに革命を前進させたいと考えてこそなのです。ごり押しはいけない。無用の軋轢《あつれき》は避けなければならない」

リュシルに答えるふりをしながら、これを好機と今やミラボーは聞こえよがしの大声だった。目論《もくろみ》見通り、てんでに声を張り上げていた女たちが集まってきた。あれが噂《うわさ》のミラボーさんだよ。やっぱりミラボーさんに聞くのが、一番はやいんだよ。

弁舌の力も発揮しどころだった。ミラボーは大仰な動きで腕組みしてみせた。いや、王党派といえば、この私も王党派ということになるのかなあ。

「少なくとも、ルイ十六世を退位させてしまおうとか、あるいは王家を国外追放してしまおうとか、そんな乱暴な話は考えていないわけですからね」

「ええ、そんな大それたこと……」

「普通は考えませんな。ええ、私は普通なのです。ごくごく常識的な手続きを踏んでいるだけなのです。それを王党派とか、裏切り者とか罵《ののし》りながら、断じて許せないと思う輩《やから》もいるようで」

「それで議会が揉《も》めてるのかい。それで時間がかかってるのかい」

「誰なのよ、そんな下らないことという議員は」

「あんたらが無駄な能書《のうがき》たれてるせいで、こっちは迷惑してんだからね」

女たちは味方についた。はん、ミラボー人気は意外や意外で、まだまだ健在ではないか。これで国民衛兵隊の司令官にも、パリ市長にも選ばれないというのだから、はん、手前勝手な使い分けも、また女の十八番ということかな。軽口めいた皮肉を心に続けながら、なおミラボーは親切めかした言葉を続けた。

「なんでしたら、パリに説明にあがっても構いませんよ」

もちろん最後はリュシルに目を戻しながらだ。父親に革命は頓挫しないと力説してもらえると理解したか、それともデムーランの後見を引き受けてくれるとまで期待したか、いずれにせよ、その若い女は安心したようだった。まあ、男も一人しか識《し》らなければ、そんなものだ。自分の都合だけだというのに、相手の好意を端《はな》から信じてしまうものだ。

「問題は、とうのたったほうか」

そう呟《つぶや》くか呟かないかのうちに、もう上《かみ》さん連中が殺到してきた。

「けれど、ミラボーさん、革命が成功すれば、暮らしがよくなるんですか」

「ええ、パンがないんです。人権というのは、パンがもらえることじゃないんですか」

「そう、そう、もう自由だと教えられたけど、あたしたちは懐具合が不自由なんだよ」

ミラボーの試練は続いた。ああ、笑いは堪《こら》えなければならない。それにしても、こんなものなのだ。こちらの議会が大急ぎで人権宣言を採択してみたところで、大衆の受け止め方といえば、こんなものなのだ。

とはいえ、内心の嘲笑《ちょうしょう》はおくびにも出さない。それどころか、ミラボーは眉間《みけん》に寄せた皺《しわ》で共感を表現してみせた。

「とはいえ、じき苦しみは終わりますよ。ええ、それは、お気の毒な話です。フランスは今年は豊作と聞いています」

「でも、今日のパンがないんだよ」

「粉は来ないし、来ても買う金がないし」

「なるほど、それはお困りでしょうな」

ミラボーは表情を決然としたものに仕立てなおした。

「議長殿」

ムーニエは一歩を前に踏み出した。あらかじめ近くにいたのに、大声で呼びつけられて、いくらか不服げな顔になっていた。が、そう腹を立てたものではない。なにせ俺《おれ》さまが親切にも、この場を収めてやろうというのだ。

「ああ、こうしては、どうだろうか。こちらのパリの御婦人方に、まず代表者を選んでもらう。次に我ら憲法制定国民議会が仲介して、その代表者だけでも王に面会できるようはからう」

そこまで議長に勧めてから、ミラボーは上さん連中に向きなおった。

「その席で直《じか》に陛下に御希望を伝えては、いかがですか」

「御希望なんていわれても、あたしらは、ただ……」

「ですから、素直に仰《おっしゃ》ればいいんですよ。陛下、パンをくださいと」

「そんなこと、いっていいもんかね」

「悪いことありませんよ。そのためのフランス王です」

女たちは歓呼の嵐《あらし》だった。あとは誘導されるまま、おとなしくムニュ・プレジール公会堂を後にしただけだった。

ミラボーは胸を撫《な》で下ろした。ふう、これで一件落着だろう。いくらルイ十六世が強情でも、パンくらいは出してやるだろう。いや、パンをくれてやるだけで、慈悲深い名君を気取れるのなら、それこそ喜んで差し出すだろう。

「そうして気分がよくなれば、あるいは法案の批准《ひじゅん》にも応じてくれるかな」

冗談にしかけて、ミラボーは慌てて打ち消した。そんな軽々しい気分で認められても仕方がない。あとで心変わりされるようでは元も子もない。ああ、今のところ王には、せいぜい施しだけさせてやれ。

28——女たちの勝利

実際のところ、ルイ十六世はパンをやろうと約束した。

女たちが王宮のほうに向かったとき、王は狩りから戻ったばかりだった。にもかかわらず、鷹揚《おうよう》にも代表者を引見すると、ありったけのパンを提供しよう、パリに小麦を送り出そうと、自分から申し出たのだ。

やはり一件落着である。が、ミラボーが議会の休憩がてら、ムニュ・プレジール公会堂を出てみると、パリ通りの彼方《かなた》の宮殿は、まだ騒がしさを残していた。

様子を調べさせると、なんでも代表者は口約束で済ませて、念書ひとつもらってこなかったのだという。嘘《うそ》にされるかもしれないので、実際にパンをもらえるまで、女たちは石畳の前庭で座りこみを続けることにしたらしかった。

——まったく、女というのは疑《うたぐ》りぶかい。

あるいは現物しか信じないというべきか。はん、やはり人権宣言だの、憲法だのは、どれだけ説いても空文にすぎないな。あくまで苦笑のミラボーだったが、それも夜の訪れとともに頬《ほお》など弛《ゆる》められなくなった。

パリの国民衛兵隊がヴェルサイユに進んでいた。女たちの出発を耳にするや、ラ・ファイエットは遅れながらの出動を命じたのだ。

――が、なんのつもりだ。

不可解というしかなかった。本当ならラ・ファイエットは蜂起《ほうき》を抑える役分である。それを自ら暴動に発展させる気か。他愛《たわい》ない女どもの軽挙で済んでしまう話を、好んで荒立てようというのか。

国民衛兵隊となると、洒落《しゃれ》にならなかった。今度は男たちばかりだ。剣も振れれば、銃も撃てる。迎えるに、王の軍隊も大人しくなどしていない。そうして戦闘が起これば と思い詰めるほど、ミラボーは進軍中の隊列に乗りこんで、あのラ・ファイエットの気取り顔に、拳骨《げんこつ》を叩《たた》きこんでやりたい衝動に駆られた。

――が、あんなアメリカかぶれは、土台が冗談のようなものだ。

じき、どうでもよくなった。午後十時、衝撃の報が議会に飛びこんできたからである。

――王が八月四日の法案を批准《ひじゅん》した。

ミラボーは絶句した。というより、はじめは信じられなかった。なんとなれば、ルイ十六世は二カ月も拒み続けてきたのだ。どれだけ熱心に説明されても、それを公布でなく、公示にするとか、受理するが裁可しないとか、のらりくらりと逃げ続けたのだ。

——どういう心境の変化だ。

なにをして、王に決断させた。女たちの大騒ぎか。それとも国民衛兵隊の進駐か。たまたまの偶然が重なっただけで、前々から批准しようと、王は心を固めつつあったのか。

——あるいは単なる気まぐれか。

ことによると、気まぐれの価値すらない。そんな風に騒がれるのなら、えい、面倒くさい、批准してやれというくらいの投げやりだったかもしれない。

いずれにせよ、ミラボーが考える理想からは遠かった。なんとなれば、王には本当に理解してもらわなければ困るのだ。心から共感してもらわなければ困るのだ。

ましてや政治的な圧力、または暴力に押し切られて、王が認めたのでは意味がなかった。この場を凌《しの》げばよいという、処世の産物にすぎないならば、せっかくの批准が、いつまた覆されるとも知れないからだ。

——つまるところ、王は革命と対立したままだ。

ミラボーは憮然《ぶぜん》とした。驚きの展開に、また議会も紛糾した。強硬派、穏健派、ともに予想だにしなかった事態であり、どう対処してよいものやら皆目わからなかったのだ。なにを、どうしたいのか、めざすところさえ見えないまま、だらだらと議論ばかりが長引いた。結局のところ、十月五日の議会が閉会を宣したのは深夜も深夜、日付でいえば六日に進んだ、午前三時のことだった。

ミラボーは、ろくろく眠ることができなかった。かわりの朝寝坊さえ許されなかったというのは、遅くとも午前七時には、もう起こされたからだった。

「王宮が混乱しています」

それが下僕の報《しら》せだった。脱いだばかりの服を着て、急ぎ鬘《かつら》を頭に載せると、ミラボーは現場に急行した。やはり蜂起に発展したか。やはり国民衛兵が暴走したか。バイイの馬鹿者め、どうしてパリに引き止めなかった。ラ・ファイエットの阿呆《あほう》め、のこのこ暴徒を率いてくる奴《やっ》がいるか。

――きさまらのせいで、もう革命は終わりだ。

そうまでの逆上で駆けつけたのだが、いざ宮殿に到着してみると、なんだか様子が違っていた。

まだ夜も明けきらない薄暗さに、確かに兵隊は多く出ていた。が、王の近衛兵《このえへい》にしろ、パリの国民衛兵にしろ、怒声を張り上げながら交戦に及ぶではなく、むしろ所在なげな感じで、あちらこちらに立ち尽くしているだけだった。

――それも、ずぶ濡《ぬ》れでだ。

十月六日も雨だった。あるいは雨のせいで、鉄砲が使えなかったのか。そうも考えてみたが、兵隊は軍刀ひとつ抜いていなかった。やはり戦闘ではない。それでも出動してきている。それだけの理由があるからである。

なるほど、騒然とした空気だけは、はっきりと感じられた。

——やはり、なにごとかは起きている。

ミラボーは宮殿の前庭を進んでいった。雨のなかに立ち尽くしているのは、やはり飛び起きてきたらしい他の議員も、大慌てで詰めかけたであろう野次馬も、皆が同じことだった。

ロベスピエールもいた。困惑顔だった。先輩に頼る気持ちがあるのか、小男に肩を寄せながら、デムーランにいたっては、おろおろした表情になっていた。が、なにが起きた。だから、これは一体どういうことなんだ。

「いえ、なにが起きたというわけではないんです」

と、ロベスピエールが答えた。昨日までの議会では、むしろ意見を異にする論敵だったが、そうした感情的なしこりもみえない答え方だった。ということは、起きているのは論争の是非など超えた、異常事態ということになる。が、その割に言葉は軽いのだ。デムーランが後を受けた。ええ、いってみれば、パリの女たちが国王陛下に約束を果たしてもらっているだけなのです。

「パリの女たちだと。約束だと」

宮殿の左右に張り出した翼では、出入口のところに白く水煙が上がっていた。さかんに雨を弾《はじ》いている小山のような影は、よくよく目を凝らしてみると、荷物を満載した馬車のようだった。まだ空の馬車も何台か停《と》められていて、袋を抱え、樽《たる》を抱えた女たちは建物から出てくると、その荷台に続々と新しい荷を積んでいった。

「パンを与えられたのか」

「それに小麦も、です。ええ、昨日の約束でしたから」

「にしても、それだけなら、こうまでの騒ぎにはならないだろう」

歩を進めるにつけ、ミラボーにも窺《うかが》えた。騒がしいのは、むしろ雨を逃れた屋内だった。ぼんやり窓硝子《まどガラス》に透けながら、無数の人間が動きまわる影がみえた。が、パンだの、小麦だのをもらうために、宮殿を占拠する法はあるまい。

「なんというか、約束を果たしてほしいと、いくらか陛下を急《せ》かしたのは事実ですが……」

デムーランは歯切れが悪かった。なるほど、どうとも形容しようがない。話としてわからないではないのだが、もっともらしい政治の言葉で、それを表現する術《すべ》がない。

聞けば、パリの女たちは満足な宿を得られなかったという。確かにムニュ・プレジール公会堂にも雑魚寝《ざこね》していたが、さすがに五千人を超える数である。野宿を余儀なくされた女たちも少なくなかった。それが雨中パリから行軍してきた前日が前日だけに、じき堪えがたく感じられてきたようなのだ。

行動を起こしたのが、午前六時のことだった。あんなに広いのだから、宮殿の廊下を貸してもらおうという女あり。もう朝なのだから陛下に約束を果たしてもらって、さっさとパリに帰ろうという女あり。いずれにせよ、皆で建物に進もうとしたところ、当然ながら近衛兵に制止された。その小競り合いで興奮を究めてしまうと、女たちは強行突破を敢行して、そのまま宮殿の奥まで乱入していったという。

「国民衛兵隊まで起き出して、一時は騒然となったものです」

と、デムーランは続けた。隣でロベスピエールも頷《うなず》いた。近衛隊と衝突して、そのまま戦闘になるかと、本気で心配したものですよ。

「どうして、ならなかった」

「ラ・ファイエット侯爵が到着して、間に入られました」

「それなら、女たちも鎮めて然《しか》るべきではないか」

「それも試みられました。というか、これで女たちは随分と落ち着いたのです」

ええ、あれのおかげで。いいながら、ロベスピエールが指さした先は、宮殿正面の露台《バルコン》だった。

それは王の居室から直に出られる露台だった。確かにラ・ファイエットがいた。一緒に雨に打たれながら、手を振っている男もいる。

――フランス王ルイ十六世が……。

その大きな背中に半ば隠れるようにして、さらに数人が並んでいた。露台の下まで詰め寄ると、女たちが目を留めたのは、むしろこちらのほうだった。

「ああ、王妃さまだ。マリー・アントワネットさまだ」

「お綺麗な方だねえ。やっぱり、あたしたちとは違うんだねえ」

「違うもんかい。みなよ、マルト姉さん、きちんと御子たちを抱いておられるよ」

「ほんとだ。ほんとだ。王妃さまも子供が可愛いんだねえ。あたしたちと同じ女で、母親なんだねえ。実は慈愛の深い方だったんだねえ」

ミラボーは舌打ちを禁じえなかった。女というのは、これだ。まさに支離滅裂だ。自ら宮殿を占拠して、雨の露台に叩き出しておきながら、綺麗だの、同じ女だの、慈愛が深いだのと、今さらの共感もないものではないか。

それでも女たちは勝手を止《や》めようとしなかった。一緒なんだよ。一緒なんだよ。王妃さまだって、あたしたちと同じなんだよ。

「あたしたちの気持ちだって、きっとわかってくれるんだよ」

「悪いのはヴェルサイユさ。こんなところにいるから、勘違いなされてしまうんだよ」

「ベアトリス、あんた、よくいった。そうなのよ、そうなのよ。パリにいてくだされば、はじめから下々のことも考えてくださったんだよ」

だんだん女たちの戯言《ざれごと》では済まなくなってきた。てんでに喋《しゃべ》っていた声が、ほどなくして、ひとつの言葉に収斂《しゅうれん》したからである。

「パリへ、パリへ」

女たちは大合唱だった。パリへ、パリへ。王さまも、王妃さまも、王子も、王女も、みんなパリに来てもらおう。パン屋の亭主と、御上《おかみ》さんと、それに坊やと嬢ちゃんには、是非にもパリに来てもらわなくちゃ。

露台の国王一家は、笑みをひきつらせるばかりだった。が、ややあってから露台から下がり、なにをするつもりなのかとみているうちに、馬車の用意が始められた。荷馬車ではない。豪華な車室《しつら》を設えた四輪馬車である。青塗りに金百合《きんゆり》の模様をちりばめながら、王家の紋章で飾られた馬車である。

まさかと思っているうちに、それに国王一家が乗りこんだ。

「さあ、パリに帰るよ」

「ええ、わたしも御先いたしますね」

そういいおいて、荷馬車のほうに乗りこんだのは、リュシル・デュプレシだった。なんの意味でか、こちらは緑の葉で飾られている。

「…………」

さすがのミラボーも、あんぐり大きく口を開けた。デムーラン、それにロベスピエールを合わせた男三人で、互いの顔を見合わせているしかなかった。が、ことの重大さに思いあたれば、茫然《ぼうぜん》としてばかりもいられない。

――女たちが王を連れさった。

パリへ。七月十四日を成し遂げた革命の聖地へ。その意味するところをいえば、もはやルイ十六世は革命の虜囚ということである。ああ、革命を完遂したのは、女たちだ。敵意によってか、共感によってか、いずれにせよ女たちは相手を斟酌《しんしゃく》することのない強引な情熱で、その柔らかな懐に無理にも取りこんでしまったのだ。

あとのヴェルサイユには、冷たい雨だけが落ち続けた。

「わはははは」

ミラボーは笑うしかなかった。わはは、わはは。せめて豪快に笑うことで、男としての大度《たいど》なりとも示さなければ済まなかった。

29――絶望

ヴェルサイユに求めた屋敷は、がらんとして、もはや寒々しいくらいだった。家具調度の大半は備えつけで、それほど変わりあるまいと考えていたところ、自分で運び入れた家財を整理し、すっかり引越荷物にまとめてしまうと、思いのほかに隙間《すきま》が空いた感じになったのだ。

それが夜ともなれば、吹き抜ける秋風も大分冷たい。木々がざわめく気配ばかりの窓の向こうを見限ると、ミラボーは部屋奥に踵《きびす》を返した。

ヴェルサイユ自体も、がらんとしてしまった。世界一の栄華を誇り、フランス中から、いや、ヨーロッパ全土から人を集めた黄金の宮殿も、今や一群の管理人を残すばかりに凋落《ちょうらく》した。

――なかんずく、王がいない。

ルイ十六世を強奪して、その行進は十月六日のうちにパリに到着したようだった。

銃剣の先にパンを翳《かざ》して、国民衛兵隊が先頭の露払いを任された。あとに意気揚々として歩を進めたのが、緑の木の葉で飾られながら、パンと小麦を積んだ馬車と、それを愛《いと》しそうに守るかの女たちの群れだった。

近衛兵《このえへい》団、フランドル連隊、スイス傭兵《ようへい》連隊が続いたからには、そのあとが国王一家の四輪馬車である。かたわらに騎馬のラ・ファイエットがついたという。議会で選抜されて、百人の議員も数台の馬車に分乗した。殿《しんがり》を守るのが国民衛兵隊の別隊というわけで、大仰なくらいの行進は、またぞろ夜の帳《とばり》が下りようとするころに、とうとう革命の都に帰りついたのである。

「パン屋の亭主と、御上《おかみ》さんと、坊やと、嬢ちゃんを連れてきたよ」

そう第一声を上げられても、バイイ市長としては慌てるばかりだった。

いうまでもなく、まるで考えていなかった出来事である。取り急ぎ市庁舎に迎えたものの、国王一家の処遇には戸惑うばかりだったらしい。

結局のところ、ルイ十六世と家族はテュイルリ宮に収容されることになった。パリ右岸、セーヌ河の岸辺に建てられ、ルーヴル宮に連なる形の建物は、もちろん元は立派な王宮だったが、もう何十年というもの、誰も暮らすものがなかった。

廃墟《はいきょ》でないとしても、空き屋だ。軒を借りる乞食《こじき》がいたばかりなのだ。そんな住まいにフランス王が自らの歩を進めたとき、もう時計は午後の十時を回っていたという。

「終わった」

と、ミラボーは呟《つぶや》いた。もう王は逃げられない。敗者として、パリに捕われの身となった。これを機会に議会までが、ヴェルサイユからパリに移される。その強引な勝利において、革命は幕を引くことになったのである。

「やられた」

そうも呻《うめ》きながら、ミラボーは今度こそ笑えなかった。やられた。パリの女たちにやられた。ラ・ファイエットでなく、バイイでなく、はたまたロベスピエールのような議員の誰かでも、デムーランのようなパリの男でもなく、あろうことか名も知れない女たちに、してやられた。

――あいつらに政治ができるのか。

認めたくない気持ちが、なおも疼《うず》かないではなかった。あいつらに政治ができるか。そう問えば、今もミラボーは即座に否と答えるからだ。ああ、否だ。断じて、否だ。短絡的で前後の見境がなく、大事と小事の区別もつかない。そのくせ一方的な正義を振りかざし、それを疑う素ぶりもない。ことを始めた動機にせよ、めざすところの目標にせよ、ごくごく卑近なものでしかなく、つまるところ、ときどきの感情が全てなのだ。

不可避的に移り気でもあり、土台が高邁《こうまい》な理想などは持ちえない。

――女という生物は、大衆の権化なのだ。

ミラボーにいわせるならば、同じく平民にも政治などできなかった。それが良識あるブルジョワでも、学を修めた法律家であったとしても、本質的には大衆に違いないと思うからだ。女でなくとも、子供だ。要するに政治は、女子供の手には余るのだ。

――ならば、誰がフランスを導くべきか。

貴族とはいわない。が、その高貴な真髄を正しく継承する魂、つまりは男でなければならなかった。つまりは俺《おれ》だ。このミラボー伯爵だ。

――革命の獅子《しし》と呼ばれる、この俺さまがフランスを導くべきなのだ。

実際のところ、うまく運んでいた。全国三部会の開幕を捕えて、特権身分の横暴を告発し、第三身分の激情を駆り立てながら、まんまと発言権を獲得した。逆襲を模索する貴族たちが、数々の悪意で報いようとすれば、それを一喝して切り捨てながら、見事に国民議会を立ち上げてやった。いよいよ武力が発動されれば、それをパリの蜂起《ほうき》で制し、かたわらでは国王に革命を認められよと熱く説いた。

――まさに快刀乱麻の立ちまわりで、この俺が全て導いてきたのだ。

にもかかわらず、この結末だった。せんないことだと思いながらも、どこで狂ったのだろうと、ミラボーは考えないでいられなかった。ネッケルを懐柔しきれなかったからか。パリを蜂起させたからか。あるいは王を説得できなかったからなのか。

いずれにせよ、アンシャン・レジームは頑固にすぎ、また革命は過激にすぎた。

――いや、だからこそ、このミラボーなのではないか。

出自は貴族でありながら、第三身分代表として議席を有する、このミラボーでなければ、かたやアンシャン・レジーム、かたや革命という、ふたつながらの難物を誰が媒介できるというのだ。過去と未来を望ましく共存させて、他の誰が、あるべき現在《いま》を実現できるというのだ。

――とすると、俺の力不足なのか。

とも、ミラボーは問うてみた。資格はある。しかし、力が不足しているのか。思いあたる節はあった。世の汚辱に塗《まみ》れすぎた己の前半生である。放蕩《ほうとう》貴族と未《いま》だ世人の蔑《さげす》みを逃れられず、なによりの報いとして、蝕《むしば》まれた肉体が思うように動いてくれない。ああ、それはある。確かに足を引っ張られている。

――が、それだけなのか。

ミラボーの自問は続いた。前歴が綺麗だとして、身体《からだ》が健康だとして、それならば俺はフランスを導けるのか。決定的に、なにかが足りないのではないか。

――それが証拠に、俺は負けた。

革命を完遂するという手柄を、単に奪われただけではない。かねて温めていた構想が、これで台無しになった。すなわち、王に革命を認めさせる。心からの共感をもって支持させる。

ルイ十六世にとって、パリ行きは本意でないはずだった。それどころか内心では、革命に覚える反感を強くしたはずだ。なにせ万民に自由が認められたフランスにおいて、王は唯一不自由な例外に落とされたのだ。

――報復さえ決意しないとはかぎらない。

かたわらで革命は、パリに虜《とりこ》にした今や恐れるに足らずとして、いよいよ完膚《かんぷ》なきまでに王を屈伏させるつもりだろうか。受け入れなければ廃位だとして、ルイ十六世を脅しながら、ありとあらゆる権能を奪い尽くすか。あるいは過激な言動を上滑りさせるまま、王政を廃止することまでやるのか。

――それでフランスは立ち行くか。

答えは断じて否である。あんな女子供にやらせていては、フランスには破滅の一本道が待つだけだ。なるほど、力はあるかもしれない。多少の理屈も唱えられれば、いくらか知恵も働かせられるかもしれない。

――が、たてがみがない。

と、ミラボーは片づけた。たてがみ、それは権威の象徴である。きちんと備わればこそ、獅子は王者の暗喩《あんゆ》なのである。

小賢《こざか》しい言葉などでは動かない。むしろ人とは霊感で動く生物である。それを与えることができなければ、誰も指導者たりえない。それを手に入れることができなければ、誰ひとりとして安心しない。つまるところ、たてがみの威風を自ら信じ、かつまた万人に信じさせる王者のカリスマあってこそ、はじめて国は治まるのである。

ミラボーなりの信念はあった。国といえども、つきつめれば家と同じであると考えていた。ならば、父がないでは始まらない。フランスの父、それは王だ。

——たてがみの獅子は父権の暗喩でもあるのだ。

もちろん、どんな父でもよいわけではない。父は父としてあらなければならない。子を省みない父であるなら、それは責められるべきである。子が生けることを認め、子の苦しみを慮《おもんぱか》り、子の思うところを聞き入れるよう、その態度は改めさせなければならない。

話をフランスという国に戻しても、それは同じなはずだった。ああ、革命は必要だった。その精神を王は理解するべきだった。が、容易に共感を得られなかったことは、残念ながら事実なのだ。

——だからといって、こちらは反抗すればよいのか。

理不尽と切り捨てながら、ひたすら力の論理で叩《たた》けばよいのか。現実に生かす殺すは別として、少なくとも己の心の地平から父の姿を追い出したとき、その子供は前と変わらず平然としていられるのか。そんな父なら要らないのだと、声高に唱えた理屈そのままに、健全かつ善良にして、幸福に生きることができるのか。

——いや、ひどく荒れる。

その末路をミラボーは疑わなかった。常に不安に苛《さいな》まれるようになるからだ。それを打ち消すために、過激に走らないではいられないのだ。あげくに大きな汚点を黒々と記してしまい、あとになって自らを後悔しても、もう取り返しようがないのだ。

——そうなってからでは遅い。

その哀しみのことを、あの女子供らは一度でも考えたことがあるのか。今にも声を張り上げそうになるのは、それこそミラボー自身の実感だからだった。ああ、この俺は醜さゆえに父親に疎んじられた。それを理由に反抗すれば、牢獄《ろうごく》に入れるためと、兵隊まで差し向けられた。ますます憎しみを募らせながら、あんな父親など顔もみたくないと距離を置いているうちに、気がつけば自分の暮らしがすさんでいた。

——立ち直るためには、嫌でも父と向きあう。

開明派の重農主義経済学者を気取った父の著作を読み、民衆の側に立つ言動を習得し、あげくが因縁の土地プロヴァンスに舞い戻って、議員に立候補するしかなかった。ああ、それで俺は立ち直れたはずだった。獅子になれたはずだった。たてがみを手に入れたはずだった。

——それが遅すぎたのだ。

もう父には鬼籍に入られてしまった。永遠に手が届かなくなるまで、こちらのミラボ

ーはといえば、ついぞ素直に自省することがなかった。ああ、そうだ。父に復讐《ふくしゅう》した
かったのではない。認めあい、わかりあいたかったのだ。そうすることで禍々《まがまが》しい怪物
から、愛されるべき人間に戻りたかったのだ。

——それが手遅れだったのだ。

どれだけ無念を繰り返しても、救いがもたらされるわけではなかった。フランスとい
う国とその父も、同じ道を歩もうとしているのではないか。

がらんとした屋敷に扉を打つ音が響いていた。お客さまでございますと、ほどなく従
僕が伝えてきた。

——客人だと。

ミラボーは首を傾《かし》げた。が、あてがないことが、不思議と不安ではなかった。という
より、全ての幕が引かれたこの期《ご》に及んで、全体なにを守らなければならないのか。あ
あ、すでに敗れてしまったのだ。もはや絶望するしかないのだ。

——ならば、この俺は悪魔でさえ歓迎しよう。

30——密使

　部屋に進んできたのは、悪魔でなくとも幽霊か、やけに青白い感じの男だった。背が高く、瘦《や》せていて、相貌《そうぼう》が血色もないようならば、また瞳《ひとみ》の色も薄い。身支度は華美ではないが、それでいて隙《すき》がなく、おまけにキュロットを穿《は》くからには、身分をいえば貴族であるに違いなかった。

「引越を控えているもので、ろくな調度も整いませんが……」

　ミラボーは逆さにして卓に載せていた椅子《いす》を下ろし、それを手ぶりで客人に勧めた。ながらも、こつこつ自分の頭を叩《たた》くような気分で、懸命に思い出そうと試みていた。ああ、この男は初見ではない。どこかでみたことがある。

「オーストリア大使、であられますな」

と、ミラボーは始めた。ああ、そうだ。フロリモン・クロード・メルシィ・ダルジャントー伯爵、オーストリア大使と紹介されて、どこかのサロンで挨拶《あいさつ》したことがある。

相手は少し驚いた顔だった。が、すぐに静かな微笑に戻して、白々しくもある台詞《せりふ》で受けた。いいえ、小生、そのような者ではございません。仮に本当をいいあてられるとしても、ミラボー伯爵、どうか小生のことは名前では呼んでくださいませんよう。

「ここには密使の資格で来ております」

「ほお、密使と」

「そのように心得ていただいたほうが、御身《おんみ》のためでもあるかと。そう申しますのは、伯爵の御返答の次第によっては、この出会いそのものを一切なかったことにしたほうが、お互い賢明であるやに」

「わかりました」

そうとだけ伝えて、ミラボーは引き下がった。相手の素性は看破できても、わざわざ訪ねてきた理由となると、不可解なままだった。オーストリア大使が、なぜ俺のところに。なるほど、軽々に深入りしないほうが、まずは利口であるようだった。

「で、かくも重い返答を求められる、何用があって、この私を訪ねられましたか」

ひとつ咳払《せきばら》いして、オーストリア大使は続けた。

「ミラボー伯爵も御存知でしょうが、今再びフランスでは亡命が相次いでおります」

承知の印にミラボーは頷《うなず》いてみせた。亡命といって、今度は反動貴族ではない。十月五日ならびに六日の事件に衝撃を受けて、王党派のラリ・トランダル、穏健派のムーニエはじめ、百人を超える議員が職を辞し、あるいは国外に亡命してしまったのだ。

「今や議会に残っているのは、些《いささ》か過激な思想の持ち主と申しますか……。いや、あるいは決めつけたものではなく、事態の急激な展開に目を眩《くら》まされたきり、なにがなんだかわからなくなっている向きが大半なのかもしれませんが……」

言葉を濁らせたところを、ミラボーはこちらから答えて出た。

「生意気をいうくせに、まだまだ中身は他愛《たわい》のない、いわば子供のような連中ばかりと、そういう意味でございますか」

「そうまでは扱《こ》き下ろしませんが……」

先を尻つぼみにしながら、それでも大使は頰《ほお》の微笑を拵《こしら》えなおした。こちらの答え方に、まんざらでない感触を覚えたということだろう。さらに一歩つっこんだ話ができると、確信したということだろう。ああ、ぼんやりとだが、こちらもみえてこないではない。

オーストリア大使は続けた。いずれにせよ、正しい良識を持てる議員と申しますか、あるいは穏当にフランスを指導できる政治家と申しますか、そういう向きを探すとなると、今の議会では少々難しいということになりましょうか。

「期待できる方といえば、もはや……」

「パリ市長バイイ、ああ、そうか、あれも過激な思想の持ち主で、そのうえ使いものにならない、ただの飾りにすぎない。やはり駄目だとなると、もはやラ・ファイエット侯爵のみ、ということですな」

「否定いたしません。ええ、ラ・ファイエット殿の地位は一頭抜きん出たものでございます。オーヴェルニュに伝わる名門貴族の出でもあられますし、その意味でも指導者にふさわしい。ただ、ですな……」

「あの侯爵殿下ときたら、どこかあてにならない」

そういう御説ですかと、ミラボーは今度も答えを先んじた。ええ、アメリカかぶれはアメリカかぶれだが、その受け売りを別にすれば、なにを考えているのかわからない。というより、なにも考えていないように思われるときさえある。

「ということですな、オーストリア大使閣下」

肩書で呼びかけても、今度のダルジャントー伯爵は断らなかった。こちらの言葉の端々から、すでに十分な手応えを得たということだろう。敵に回る恐れはないと、ひとまずは安心できているのだろう。ああ、そうだ。この私のことなら信じてもらってかまわない。

「で、大使殿、話を先に進めますと、あなたが、いや、あなたが仕える主人がというべきか、いずれにせよ、こうであれと期待する指導者というのは、どのような」

「そうですな。まずは大衆を魅了できる弁舌の力があり、と同時に議会を動かせる政治力をも備えた、有能な議員であられること」

「最低条件でありましょうなあ」

「いかにも最低条件でございます。加えるに貴族の出身であられますなら、なおのこと好ましい。というのも、さらに付け加えますならば……」

「その政治活動においては、常に王家のためを考える人材が望ましいと、それくらいの条件が続きますかな」

大使の変わらない微笑も、気持ち大きくなったようだった。ミラボーは続けた。ええ、王家の尊さを正しく理解し、本源的に備わる権能を護持し、のみならず、かかる理想を政治の場で実現できる人物がいたならば、なるほど当今フランスの指導者としては、しごく望ましいことになりますなあ。

続けるままにさせて、やはり相手は否定しなかった。間違いない。なるほど、この男はオーストリア大使なのだ。

もはやミラボーは真相を疑わなかった。そうだ、そうだ、完全に思い出した。オーストリア大使と肩書を与えられながら、そもそも伯爵は彼《か》の国の皇女がフランスに輿入《こしい》れしてきたときに、傅役《もりやく》として随員させられた人物なのだ。

――その主人というのは、つまりはフランス王妃マリー・アントワネット。

さらに洞察を進めるならば、そのまた背後にはフランス王ルイ十六世もいるはずだった。時節柄で王自らが側近を遣わすわけにはいかず、ために王妃を介して、外交特権を持てるオーストリア大使を動かしたのだ。

大使は受けた。御名答でございます、ミラボー伯爵。我々が求める指導者というのは、まさしく、かかる条件を満たす人物のことなのです。

「とはいえ、伯爵が全ていいあてられたこと、実は意外ではございません」

「ほお。そう申されるというのは……」

「小生に、いわせますか」

「いってください、それくらいは」

「わかりました。ええ、そうなのです。この難局の舵《かじ》を取るべき人物として、私の主人は貴ミラボー伯爵にこそ、最も大きな信頼を寄せ、また最も大きな期待をかけておられるのです」

来た、とミラボーは呻いた。同時に強く拳《こぶし》を握らないではおけなかった。王が指名してきた。この俺の名前を挙げて、頼りにしていると伝えてきた。

――ルイ十六世が……。

議会運営上の必要から何度となく顔を合わせてきていたが、これまでは思いが届いた実感がなかった。どれだけ熱く革命を説いたところで、いつも上の空であり、理解し、それまた共感を示すどころか、迷惑げな風でさえあった。ずるずる時間だけがすぎて、それが民衆の苛立《いらだ》ちを買うことになり、ついに爆発して革命の彼方《かなた》に奪い去られたかと思いきや、その王が自分を名指しで頼んできたのだ。

こんな皮肉もあるのかと、ミラボーには苦笑する気分も湧《わ》いた。なんとなれば、ルイ十六世は革命の虜囚に落とされて、はじめて焦りに駆られたのだ。ただ粘り腰を貫くだけでは、事態は好転しないと観念して、王家のためと熱意を示した議員のことを思い出したのだ。

あるいは思いが届いたわけでなく、ルイ十六世としてはミラボーとかいう議員を、ただ懐柔して、ただ代弁者として働かせて、ひたすら王家の利益を守らせようと、それだけの話なのかもしれなかった。

それが証拠にオーストリア大使は、無言で一葉の紙片を差し出していた。ひとつ、ミラボー氏の借金を全て肩代わりする。ひとつ、月額六千リーヴルの年金を支給する。ひとつ、議員勇退時に百万リーヴルを支給する。

――安くみられたものだ。

と、ミラボーは思う。が、まあ、よかろう。そうした仕事の合間には、こちらが熱弁を振るえる機会もあろうからだ。いや、心からの熱意を伝える時間は今度という今度こそ、たっぷり与えられようからだ。

――あげくに王を改心させてやる。

良き父として常に子を思うように、良き王として常に国民を思われよと繰り返して、今度こそ正しきフランスを実現してやる。それが望みの報酬だと、心のなかで呟きながら、ミラボーは大使に答えた。ええ、光栄な話でございます。ええ、御主人にお伝えください。このミラボーを信じていただいてよいと。期待していただいてよいと。

「ええ、ええ、私は革命の獅子《しし》と呼ばれておりますからな」

「どういう意味でございましょう」

「雄々しくも風に靡《なび》く、たてがみを欲しがらずにはいられないのです。あってこそ、獅子は王者の暗喩《あんゆ》になりましょう」

「なるほど」

ひとつ頷くと、今度は人を遣わしますといいおいて、オーストリア大使は屋敷を辞した。遠ざかる馬車の音を窓辺から見送りながら、ミラボーは心に繰り返していた。まだ革命は終わらない。このまま終わらせてはならない。むしろ、これからが勝負だ。ああ、まだ間に合うのだ。

「いや、間に合ってくれよ」

最後は声に出しながら、ミラボーは自分の分厚い胸を拳で二度ほど叩いた。

体調のほうは、決して良いとはいえなかった。やはり過去のつけは高い。これからは満身創痍《まんしんそうい》の戦いになる。それでも、あきらめない。なんとなれば、まだ間に合うというのだ。ああ、それなら俺とても、行かなければなるまい。

――革命の都パリへ。

己の矜持《きょうじ》をかけた戦いであるならば、命を投げ出して省みない。まさに獅子というものだろうと思うとき、ミラボーは救われ、心穏やかでさえあった。

主要参考文献

・J・ミシュレ『フランス革命史』（上下）桑原武夫／多田道太郎／樋口謹一訳　中公文庫　2006年
・R・ダーントン『革命前夜の地下出版』関根素子／二宮宏之訳　岩波書店　2000年
・R・シャルチエ『フランス革命の文化的起源』松浦義弘訳　岩波書店　1999年
・G・ルフェーヴル『1789年―フランス革命序論』高橋幸八郎／柴田三千雄／遅塚忠躬訳　岩波文庫　1998年
・G・ルフェーブル『フランス革命と農民』柴田三千雄訳　未来社　1956年
・S・シャーマ『フランス革命の主役たち』（上中下）栩木泰訳　中央公論社　1994年
・F・ブリュシュ／S・リアル／J・チュラール『フランス革命史』國府田武訳　白水社文庫クセジュ　1992年
・B・ディディエ『フランス革命の文学』小西嘉幸訳　白水社文庫クセジュ　1991年
・E・バーク『フランス革命の省察』半澤孝麿訳　みすず書房　1989年
・G・セレブリャコワ『フランス革命期の女たち』（上下）西本昭治訳　岩波新書　1973年
・スタール夫人『フランス革命文明論』（第1巻〜第3巻）井伊玄太郎訳　雄松堂出版　1993年
・A・ソブール『フランス革命と民衆』井上幸治監訳　新評論　1983年

・A・ソブール『フランス革命』（上下）小場瀬卓三／渡辺淳訳　岩波新書　1953年
・P・ニコル『フランス革命』　金沢誠／山上正太郎訳　白水社文庫クセジュ　1965年
・G・リューデ『フランス革命と群衆』　前川貞次郎／野口名隆／服部春彦訳　ミネルヴァ書房　1963年
・A・マチエ『フランス大革命』（上中下）　ねづまさし／市原豊太訳　岩波文庫　1958～1959年
・J・M・トムソン『ロベスピエールとフランス革命』　樋口謹一訳　岩波新書　1955年
・野々垣友枝『1789年　フランス革命論』　大学教育出版　2001年
・河野健二『フランス革命の思想と行動』　岩波書店　1995年
・河野健二／樋口謹一『世界の歴史15　フランス革命』　河出文庫　1989年
・河野健二『フランス革命二〇〇年』　朝日選書　1987年
・河野健二『フランス革命小史』　岩波新書　1959年
・柴田三千雄『フランス革命』　岩波書店　1989年
・柴田三千雄『パリのフランス革命』　東京大学出版会　1988年
・芝生瑞和『図説　フランス革命』　河出書房新社　1989年
・多木浩二『絵で見るフランス革命』　岩波新書　1989年
・川島ルミ子『フランス革命秘話』　大修館書店　1989年
・田村秀夫『フランス革命』　中央大学出版部　1976年
・前川貞次郎『フランス革命史研究』　創文社　1956年

◇

- Alder, K., *Engineering the revolution: Arms and enlightenment in France, 1763–1815*, Princeton, 1997.
- Anderson, J.M., *Daily life during the French revolution*, Westport, 2007.
- Andress, D., *French society in revolution, 1789–1799*, Manchester, 1999.
- Andress, D., *The French revolution and the people*, London, 2004.
- Bailly, J.S., *Mémoires, T.1–T.3*, Paris, 2004–2005.
- Bessand-Massenet, P., *Robespierre: L'homme et l'idée*, Paris, 2001.
- Bonn, G., *Camille Desmoulins ou la plume de la liberté*, Paris, 2006.
- Bourdin, Ph., *La Fayette, entre deux mondes*, Clermont-Ferrand, 2009.
- Burnand, L., *Necker et l'opinion publique*, Paris, 2004.
- Campbell, P.R. ed., *The origins of the French revolution*, New York, 2006.
- Carrot, G., *La Garde nationale, 1789–1871*, Paris, 2001.
- Castries, Duc de, *Mirabeau*, Paris, 1960.
- Chaussinand-Nogaret, G., *Louis XVI*, Paris, 2006.
- Desprat, J.P., *Mirabeau: L'excès et le retrait*, Paris, 2008.
- Dingli, L., *Robespierre*, Paris, 2004.
- Félix, J., *Louis XVI et Marie-Antoinette*, Paris, 2006.
- Fray, G., *Mirabeau, L'homme privé*, Paris, 2009.

- Gallo, M., *L'homme Robespierre: Histoire d'une solitude*, Paris, 1994.
- Hardman, J., *The French revolution sourcebook*, London, 1999.
- Haydon, C. and Doyle, W., *Robespierre*, Cambridge, 1999.
- Lever, É., *Marie-Antoinette: La dernière reine*, Paris, 2000.
- Livesey, J., *Making democracy in the French revolution*, Cambridge, 2001.
- Lüsebrink, H.J. and Reichardt, R., *The Bastille: A history of a symbol of despotism and freedom*, translated by Schürer, N., Durham, 1997.
- Mason, L., *Singing the French revolution: Popular culture and politics, 1787–1799*, London, 1996.
- McPhee, P., *Living the French revolution, 1789–99*, New York, 2006.
- Rials, S., *La déclaration des droits de l'homme et du citoyen,* Paris, 1988.
- Robespierre, M. de, *Œuvres de Maximilien Robespierre, T.1–T.10*, Paris, 2000.
- Robinet, J.F., *Danton homme d'État*, Paris, 1889.
- Saint Bris, G., *La Fayette*, Paris, 2006.
- Schechter, R. ed., *The French revolution*, Oxford, 2001.
- Scurr, R., *Fatal purity: Robespierre and the French revolution*, New York, 2006.
- Shapiro, B.M., *Traumatic politics: The deputies and the king in the early French revolution*, Pennsylvania, 2009.
- Tackett, T., *Becoming a revolutionary: The deputies of the French National Assembly and the emergence of a revolutionary culture(1789–1790)*, Princeton, 1996.

- Vovelle, M., *1789: L'héritage et la mémoire*, Toulouse, 2007.
- Vovelle, M., *Combats pour la révolution française*, Paris, 2001.
- Walter, G., *Marat*, Paris, 1933.

解　説

主人公はフランス革命

篠　沢　秀　夫

フランス革命といえば、世界的に有名な歴史の動きだ。日本でも学校で習うし、物語やドラマにも姿を現す。革命の犠牲となった国王ルイ十六世も王妃マリー＝アントワネットも名高い。そして革命を担った大物の名も、ミラボーとロベスピエールくらいなら、誰でも耳にしていよう。

だが、何となく知っているということには、問題な面がある。固定的なイメージに引きずられ易いのだ。例えば、革命を高く評価するのはいいとしても、結果中心に見る。一七九三年の国王処刑を、まるで一七八九年の革命の動き出し当初からの目的だったように見てしまう。二十世紀に、一九一七年に始まったロシアの社会主義革命で翌年には皇帝一家を殺してしまったのも、その固定イメージのせいか。日本でも、第二次大戦の終戦直後の言論では、〈明治維新は革命じゃない、将軍の徳川慶喜《よしのぶ》を処刑しなかったんだから〉となっていた。

また、近年、日本のミュージカルの舞台で、フランス革命の発端として、一七八九年七月十四日のバスティーユの砦《とりで》の戦いが示唆されている時、バックグラウンド・ミュージックとして「ラ・マルセイエーズ」が響いていた。これはその後、フランス共和国国歌となって、今日に至る歌だが、一七九二年にストラスブールで「ライン軍出陣の歌」として作詩作曲されたのだ。バスティーユの戦いで響くわけがない。〈舞台の上に楽隊がいるのではなく、ムードだけだ〉と無理に納得したが、やはりへんだ。

そういう点では、この『小説フランス革命』は安心して読める。

歴史的下調べの幅広さ、深さが感じられる。しかも、すぱっと分かりよく、簡潔に、その時点での事情が提示される。そしてまさしく小説である。パリでの、ヴェルサイユでの、その日の天気の具合が細かく描かれる。そして、名を目にし歴史的人物と思う登場人物のその日の心理を身近に感じる。

なるほど、筆者の佐藤賢一氏は、東北大学大学院で、西洋史学専攻修士課程修了、博士課程満期退学の経歴である。専門家だ。フランス語も詳しいらしい。落ち着いて歴史的事実を眺め、自分の筆でまとめて行くのだ。そう言えば、フランス文学科という名称が殆《ほとん》どの大学から消えて、〈フランス語文化圏学科〉などとなった今、フランス関係となると、東北大学は懐かしい。たしか旧制の東北帝国大学の時代から、東京帝国大学、京都帝国大学と並んで、フランス文学科が存在していたはずだ。安心である。

その東北大学大学院で西洋史学専攻であられた。それが西洋歴史小説という分野に結びつく。

この作品も、タイトルの通り、断固として、フランス革命そのものを描き出している。決して、革命の動きを背景に人のからみや色恋を描こうとしているのではない。でありながら、歴史的人物たちが、目の前にいる人たちのように、生き生きと描きだされる。ミラボーがそんなに巨漢だったとは知らなかった。なるほど、小さいフランスの百科事典で見たら、「樽《たる》」というあだ名のついた肖像が載っていた。

そして、十九世紀半ばにフロベールが『ボヴァリー夫人』で確立した〈客観的三人称小説〉の伝統が保たれている。つまり、どの人物の心の中も描き出す。さらには、その箇所でスポットを当てられている人物の心の動きが、地の文章の形で語り出される〈自由間接話法〉が、活発に使われており、それが読み易い流れを生み出している。

冒頭、一七八八年十一月末、ヴェルサイユの森に姿を現すのは、ルイ十六世によって財務長官に任ぜられたばかりのネッケルである。狩猟中の国王に面談のため馬車を乗り入れた。スイスの凄腕投資家として、見込まれたのだ。「フランス王国は深刻な財政難に悩まされていた」。

しかも、その一七八八年の夏は前代未聞の冷夏で、この秋からのフランス全土は大飢饉に襲われていた。財政難は、この小説にも簡潔に示してあるが、先々代のルイ十四世の時代からなのだった。

あのルイ十四世、宰相を廃して親政により真に貴族たちの上に立ち、貴族たちを徳川幕府の参勤交代のようにヴェルサイユの宮殿やその周辺に住まわせた名君は、その治世のうちにフランス語の文芸をギリシア、ローマの古典文芸と肩を並べる高峰として全ヨーロッパに認めさせ、今日に近い形の国土を実現した「太陽王」だが、その長い長い治世の末期には、戦費累積で財政難になっていた。王位を継いだ曾孫王子ルイ十五世は、フランスの船乗りがまず開発したカナダ、そしてインドの植民地を、イギリス王国との奪い合いに敗れて失った。一銭の得にもならない戦争だ。財政難は深まる。次の王位を継いだ孫王子のこのルイ十六世も、イギリス王国のアメリカ植民地の独立戦争に援助出兵したが、これも、成功したとて一銭の得にもならない戦争。さらに財政難は深まる。そしてもうルイ十六世は先々代王のようには独自行動の腹が据わっていないが、何も考えないわけではないのだ。

ルイ十四世の父王ルイ十三世の辣腕宰相リシュリューは、貴族の反乱を鎮め、三十年戦争でドイツ人諸国の分裂を深め、フランス王国の支配地を広め、国王の権限を高め、中世以来の決定機関全国三部会、聖職者、貴族、平民の三つの身分の代表の集まる議会を、一六一四年召集をもって最後としてしまった。

その全国三部会の久しぶりの開会をルイ十六世は承認した。貴族たちは、百年二百年前と比べて独自の強さは失ったとはいえ、世襲財産、領地、役職に甘え、高位聖職者にもなり、聖職者も世俗的収入源を摑んでいる。しかるに、貴族も聖職者も特権によって課税はされなくなっていた。財政難の構造的原因だ。ルイ十六世は貴族たちを変え、課税したかったのだ。いわば「第三身分」、つまり平民と組んでいることになる。この辺が微妙で興味深い。

私が自著で示して来ているように、フランスの王朝は、十世紀以来十九世紀まで同じカペー王家の血筋である。日本で有名なブルボン王家は四つ目の分家に過ぎない。しかも、理論上は五世紀のローマ帝国衰退に始まるゲルマン人フランク族王朝の第三王朝だが、十世紀のフランス王はもうゲルマン語は話せなかったし、貴族たちも含めて、四世紀から住み着いたフランスで土地の住民、ケルト種族のガリア人の血と混ざり、共に暮らしていた。帝室が蒙古族、満州族と次々入れ替わる中国とは違う。民は同じ王朝を中心にクニとしてのまとまりを作っていた。実は、それがよく似ているのは、世界で日本とフランスしかない。

読み始めていると、この小説の主人公はネッケルかと思う。ネッケルは自分を罵倒する小冊子《パンフレ》を書いて出版している三文文士に憤慨する。ミラボーだ。

話はそのミラボーに移る。貴族の子でありながら親に放蕩者として突き放され、勝手放題に暮らしているデブが、民衆の味方としての言論で頭角を現し、一七八九年には、貴族でありながら全国三部会の第三身分代表の一人として選出される。五月五日、ヴェルサイユでの全国三部会開会をもって、歴史上フランス革命の始まりとすることがあるが、それも後から見てのことだ。この小説を読めば分かる。まだすべて流動的である。貴族階級は自分たちの特権を守るために全国三部会召集を承認した面がある。だが、一般の庶民はその召集を喜んでいた。

「全国三部会の召集まで運んだのは、確かに貴族の運動だった。特権が奪われると、大袈裟なくらいに騒ぎながら、王家をフランスの巨悪に仕立てあげたわけだが、反対に庶民のほうは尊王の意識を前にも増して高めていた。こちらは日々の生活を奪われると、貴族をこそ悪とみなしていたからだ」

微妙な現実である。結末から見て決めつけてしまう価値判断とは違う。この小説ではこの微妙な現実を刻々と描いて行く。さらに登場するのは、平民でインテリ、小柄で神経質な弁護士の青年ロベスピエールである。ミラボーより若く、彼を尊敬して、深く付き合う。だが、第三巻の末尾になると意見が対立して来る。一七八九年七月十四日のバスティーユ砦の戦いの後、王はヴェルサイユからパリに移されている。ミラボーは何度も病に倒れている。そして王はミラボーとの接触を図っているし、彼も王に働きかけている。

日本の小さな百科事典にも、ミラボーもロベスピエールも載っている。それを見れば分かる。ミラボーは一七九一年、急病死する。四十二歳だ。そして事典には「死後、宮廷と通謀していたことが判明し、反逆者と目された」（「マイペディア」平凡社）とある。だが、どこかでルイ十六世に良き決断があれば、立憲王政の設立がありえたのではないか。ミラボーの考えていたことだ。そして一七九二年には王政廃止、翌年には元国王処刑となるのに大きな力となったロベスピエールでさえ、この第三巻の半ばまでは立憲王政を考えていたし、ルイ・ル・グラン学院の学生のころ学校を訪れた若き日のルイ十六世を懐かしく思い出している。おお、これからの巻で恐怖政治のころのロベスピエールは、どんな風に描かれるのだろうか。読者の自分が、その恐ろしい舞台に引き出されるようなスリルを感じる。

（「小説すばる」二〇〇八年十二月号より転載）

小説フランス革命 1〜9巻 関連年表

（　の部分が本巻に該当）

1

1774年5月10日	ルイ16世即位
1775年4月19日	アメリカ独立戦争開始
1777年6月29日	ネッケルが財務長官に就任
1778年2月6日	フランスとアメリカが同盟締結
1781年2月19日	ネッケルが財務長官を解任される
1787年8月14日	国王政府がパリ高等法院をトロワに追放
	——王家と貴族が税制をめぐり対立——
1788年7月21日	ドーフィネ州三部会開催
8月8日	国王政府が全国三部会の召集を布告
8月16日	「国家の破産」が宣言される
8月26日	ネッケルが財務長官に復職
	——この年フランス全土で大凶作——
1789年1月	シェイエスが『第三身分とは何か』を出版

3月23日	マルセイユで暴動
3月25日	エクス・アン・プロヴァンスで暴動
4月27〜28日	パリで工場経営者宅が民衆に襲われる（レヴェイヨン事件）
5月5日	ヴェルサイユで全国三部会が開幕
同日	ミラボーが『全国三部会新聞』発刊
6月4日	王太子ルイ・フランソワ死去
6月17日	第三身分代表議員が国民議会の設立を宣言
1789年6月19日	ミラボーの父死去
6月20日	球戯場の誓い。国民議会は憲法が制定されるまで解散しないと宣誓
6月23日	王が議会に親臨、国民議会に解散を命じる
6月27日	王が譲歩、第一・第二身分代表議員に国民議会への合流を勧告
7月7日	国民議会が憲法制定国民議会へと名称を変更
	——王が議会へ軍隊を差し向ける——
7月11日	ネッケルが財務長官を罷免される
7月12日	デムーランの演説を契機にパリの民衆が蜂起

3

1789年7月14日　パリ市民によりバスティーユ要塞陥落
——地方都市に反乱が広まる——
7月15日　バイイがパリ市長に、ラ・ファイエットが国民衛兵隊司令官に就任
7月16日　ネッケルがみたび財務長官に就任
7月17日　ルイ16世がパリを訪問、革命と和解
7月28日　ブリソが『フランスの愛国者』紙を発刊
8月4日　議会で封建制の廃止が決議される
8月26日　議会で「人間と市民の権利に関する宣言」（人権宣言）が採択される
9月16日　マラが『人民の友』紙を発刊
10月5～6日　パリの女たちによるヴェルサイユ行進。国王一家もパリに移動

4

1789年10月9日　ギヨタンが議会で断頭台の採用を提案
10月10日　タレイランが議会で教会財産の国有化を訴える
10月19日　憲法制定国民議会がパリに移動
10月29日　新しい選挙法・マルク銀貨法案が議会で可決
11月2日　教会財産の国有化が可決される

11月頭	ブルトン・クラブが憲法友の会と改称し、集会場をパリのジャコバン僧院に置く（ジャコバン・クラブの発足）
11月28日	デムーランが『フランスとブラバンの革命』紙を発刊
12月19日	アッシニャ（当初国債、のちに紙幣としても流通）発売開始
1790年1月15日	全国で83の県の設置が決まる
3月31日	ロベスピエールがジャコバン・クラブの代表に
4月27日	コルドリエ僧院に人権友の会が設立される（コルドリエ・クラブの発足）
1790年5月12日	パレ・ロワイヤルで1789年クラブが発足
5月22日	宣戦講和の権限が国王と議会で分有されることが決議される
6月19日	世襲貴族の廃止が議会で決まる
7月12日	聖職者の俸給制などを盛り込んだ聖職者民事基本法が成立
7月14日	パリで第一回全国連盟祭
8月5日	駐屯地ナンシーで兵士の暴動（ナンシー事件）
9月4日	ネッケル辞職

5

1790年11月30日	ミラボーがジャコバン・クラブの代表に
12月27日	司祭グレゴワール師が聖職者民事基本法に最初に宣誓
12月29日	デムーランとリュシルが結婚
1791年1月	宣誓聖職者と宣誓拒否聖職者が議会で対立、シスマ（教会大分裂）の引き金に
1月29日	ミラボーが第44代憲法制定国民議会議長に
2月19日	内親王二人がローマへ出立。これを契機に亡命禁止法の議論が活性化
4月2日	ミラボー死去。後日、国葬でパンテオンに偉人として埋葬される
	6
1791年6月20日～21日	国王一家がパリを脱出、ヴァレンヌで捕らえられる（ヴァレンヌ事件）
	7
1791年6月21日	一部議員が国王逃亡を誘拐にすりかえて発表、廃位を阻止
7月14日	パリで第二回全国連盟祭
	8

	7月16日	ジャコバン・クラブ分裂、フイヤン・クラブ発足
	7月17日	シャン・ドゥ・マルスの虐殺
1791年	8月27日	ピルニッツ宣言。オーストリアとプロイセンがフランスの革命に軍事介入する可能性を示す
	9月3日	91年憲法が議会で採択
	9月14日	ルイ16世が憲法に宣誓、憲法制定が確定
	9月30日	ロベスピエールら現職全員が議員資格を失う
	10月1日	新しい議員たちによる立法議会が開幕
	11月9日	亡命貴族の断罪と財産没収が法案化
	11月16日	ペティオンがラ・ファイエットを選挙で破りパリ市長に
	11月25日	宣誓拒否僧監視委員会が発足
	12月3日	亡命中の王弟プロヴァンス伯とアルトワ伯が帰国拒否声明
		——王、議会ともに主戦論に傾く——
	12月18日	ロベスピエールがジャコバン・クラブで反戦演説

初出誌　「小説すばる」二〇〇七年八月号～二〇〇七年十一月号

二〇〇八年十一月、集英社より刊行された単行本
『革命のライオン　小説フランス革命Ⅰ』と
『バスティーユの陥落　小説フランス革命Ⅱ』の
二冊を文庫化にあたり再編集し、三分冊しました。
本書はその三冊目にあたります。

集英社文庫

バスティーユの陥落《かんらく》 小説《しょうせつ》フランス革命《かくめい》3

2011年11月25日 第1刷
2020年10月10日 第2刷

定価はカバーに表示してあります。

著者 佐藤賢一《さとうけんいち》
発行者 徳永 真
発行所 株式会社 集英社
東京都千代田区一ツ橋2-5-10 〒101-8050
電話 【編集部】03-3230-6095
【読者係】03-3230-6080
【販売部】03-3230-6393(書店専用)

印刷 凸版印刷株式会社
製本 凸版印刷株式会社

フォーマットデザイン アリヤマデザインストア マークデザイン 居山浩二

ISBN978-4-08-746760-4 C0193